시인들이 새로 읽은 서정주

나만의 미당시

시인들이 새로 읽은 서정주

나만의 미당시

마종기·정현종 외

은행나무

.

스물세 해 동안 나를 키운 건 팔할이 바람이다.

미당 서정주

들어가는 글

이 책의 소중함에 대하여

이십 대부터 팔십 대에 이르는 우리 시인들 서른 분이 각기 다른 미당시에 대해서 이야기한다. 서른 분의 시인과 서른 편의 미당시가 만나는 자리는 각별하고, 그 마음은 지극하다. 거기에는 한 권의 책이라는 물리적 공간을 넘어서는 소중함들이 있다.

첫 번째 소중함은 미당시 그 자체이다. 이는 말할 필요도 없지만, 그러나 어느 때부턴가 큰 소리로 외쳐도 모자라게 되었다. 미당이 남긴 시 세계는 그 크기와 높이를 가늠하기 힘들 정도로 장엄한, 우리 민족의 최대 문화유산이다. 서른 분의 '나만의 미당시'는 미당시의 소중함을 간접적으로 웅변한다. 그러나 이 책에 실린 서른 편은 미당시의 소중함의 일부일 뿐이다. 누구든 미당의 시 세계를 찾아가면 거기서 더 많은 보물들을 찾을 수 있을 것이다.

두 번째 소중함은 만남의 소중함이다. 깊고 아름다운 존재들은 선한 인연을 많이 만들어 낸다. 이 책의 여러 시인들과 미당시와의 만남은 예사롭지 않다. 그 만남은 존재의 깊은 곳에서 이루어지는 운명적인 교감으로, 인생을 바꾸고 세상을 바꾼다. 어린 시절 우연히 만난 한 편의 미당시가 시인의 감성에 충격을 주고 시인의 눈을 높게 열어 주고 시인의 마음에 깊은 뿌리를 내린다. 특히 큰 상실이나 혼돈에 처한 젊은 영혼이 그 고통의 에너지만으로 미당시 속으로 단도직입하는 이야기는 놀랍다. 그런 만남들이 이 책에는 있다.

　　세 번째 소중함은 시안詩眼의 소중함이다. 서른 분의 시인들의 시안은 높고 개성적이다. 각기 제 나름의 빛과 각도로 미당시의 아름다움을 비춘다. 몇몇 경우는 깜짝 놀랄 만한 언어로 미당시의 비밀을 들추어낸다. 독자를 위한 성실한 해설도 있지만, 자신만의 주관적 느낌도 있다. 어느 경우라도 시인 특유의 안목으로 미당시의 내밀한 곳을 드러내고, 새로운 아름다움과 의미를 찾아낸다. 미당시 속에는, 시인의 높은 시안을 자극할 만한 빌미가 풍성하다는 것을 은근히 드러내기도 한다. 이렇게 풍성한 시안이 한곳에 모인 일은 예사가 아니다.

네 번째 소중함은 모임의 소중함이다. 나이도 개성도 지향도 다른 서른 분의 시인이 미당시의 마당에 모였다. 이해 안 되는 현실이지만 미당시의 마당을 불편해하는 시인들이 적지 않다. 그럼에도 불구하고 서른 분의 시인들이 이해의 등불들을 하나씩 들고 미당시의 마당에 모여 미당시의 이러저러한 면모들을 비춘다. 서른 개의 등불들이 모이니 미당시가 좀 더 환해지고 대신 불편함이 제법 줄어든 것처럼 보이기도 한다. 미당시의 마당에 모이는 불빛이 앞으로 더 많아진다면 우리는 미당시로부터 더 많은 아름다움과 의미를 얻을 수 있을 것이고 나아가 미당시의 정당한 복권에 더 가까이 갈 수 있을 것이다.

다섯 번째 소중함은 열정과 헌신의 소중함이다. 우리 주변에는 정치적 이유로 내팽기침을 당하고 있는 미당시를 끝까지 지키고자 하는 열정과 헌신이 여전히 있다. 그 열정과 헌신으로 2024년 동국대학교 미당연구소가 설립되었고, 현재 미당연구소는 미당시의 제자리를 되찾기 위한 여러 사업들을 추진하고 있다.

이 책은 미당연구소 소장인 전옥란 선생의 열정과 헌신으로 나오게 되었다. 미당시를 아끼는 사람으로서, 또 이 책의 소중함을 아는 사람으로서, 큰 박수와 감사를 보낸다. 그러고 보니 원고를 주신 서른 분의 시인들과 이 책을 출간해 주신 은행나무 주연선 사장님의 열정과 헌신에도 고개 숙여 감사드려야겠다.

이 소중한 책의 출간을 축하하면서, 미당을 둘러싼 정치적 현실은 어둡기만 하지만 그래도 나는 미당시가 있어서 행복하다.

2024년 가을, 나무원에서
이남호

차례

눈이 부시게 푸르른 날은

꽃아. 아침마다 개벽하는 꽃아.

내 마음속 우리 님의 고운 눈썹을

감나무야 감나무야 내 착한 감나무야

일러두기

1. 이 책에 수록된 시는 『미당 서정주 전집』(은행나무, 2017)을 저본으로 삼았다.

2. 원본 시집의 각주는 *로 표시했다.

눈이 부시게 푸르른 날은

김승희

황인숙

김혜순

마종기

고두현

정현종

자화상

애비는 종이었다. 밤이 깊어도 오지 않았다.
파뿌리같이 늙은 할머니와 대추꽃이 한 주 서 있을 뿐이었다.
어매는 달을 두고 풋살구가 꼭 하나만 먹고 싶다 하였으
나…… 흙으로 바람벽한 호롱불 밑에
손톱이 깜한 에미의 아들.
갑오년이라든가 바다에 나가서는 돌아오지 않는다 하는 외
할아버지의 숱 많은 머리털과
그 크다란 눈이 나는 닮았다 한다.

스물세 해 동안 나를 키운 건 팔할이 바람이다.
세상은 가도 가도 부끄럽기만 하드라.
어떤 이는 내 눈에서 죄인을 읽고 가고
어떤 이는 내 입에서 천치를 읽고 가나
나는 아무것도 뉘우치진 않을란다.

찬란히 티워 오는 어느 아침에도
이마 우에 얹힌 시의 이슬에는

몇 방울의 피가 언제나 섞여 있어
볕이거나 그늘이거나 혓바닥 늘어트린
병든 숫개마냥 헐떡어리며 나는 왔다.

* 이 작품은 작자가 23세 되던 1937년 중추仲秋에 지은 것이다.

바람의 자화상으로 달아나라

김승희

　서정주의 시「자화상」(『시건설』7호, 1939년 발표)은 시인의 자서전적 텍스트라고 할 수 있다. 1937년 음력 8월, 스물세 살에 썼다는 자서전적 말을 시인 스스로 적어 놓았다. 시인의 연보를 보면 시인은 1936년에 동아일보 신춘문예에 시「벽」이 당선되었고 중앙불교전문학교를 휴학했다. 『시인부락』의 편집인 겸 발행인을 맡았으며 동인으로는 김동리, 함형수, 오장환 등이 있었다. 역사의 언저리를 보면 이듬해 7월, 중일전쟁이 발발했고 8월에는 일본과 서울 전역에 등화관제가 내려졌고, 9월 중순에는 광주의 숭일학교, 수피아학교 등이 신사참배를 거부하여 폐교되었다. 또한 11월에는 조선중앙일보 폐간, 각급 학교에 일본 천황의 사진을 배부하여 참배하게 하고, 스탈린이 소수민족

강제 이주를 시키고, 12월에 난징대학살이 발발했다. 참으로 캄캄하고 무섭고 참혹한 시대였다. 1934년 7월부터 이상의 연작시 「오감도」가 발표되기도 했지만 1937년 후반기도 까마귀가 "~ 무섭다고 그리오"라고 말하는 그런 캄캄한 시대였다. 세상의 모든 까마귀조차도 "~ 무섭다고 그리오"라고 외치는 그런 공포의 시대였다.

시 「자화상」은 그런 무서운 시대에 외로운 가족들의 빈한한 이야기에서 출발한다. 1연에서는 시적 화자가 자신의 모습을 타자(가족)와의 관계로부터 파악하는 것을 보여 준다. 타자와의 관계를 통해서 나를 그리는 것이 자화상이지만 사실 '자화상은 영원히 그릴 수 없는 것을 그리는 것'이라는 데리다의 말이 생각난다. 내 앞에 거울이 있거나 아니면 거울-같은 존재(Mirror-like Beings)들, 즉 어머니나 할머니, 이모나 고모, 애인들(작은 타자들)이 있어도, 사실 나는 나를 올바로 제대로 그릴 수 없다. 나에게 나르시시즘적 동일시를 불러일으키는 환상의 관계들은 나에게 오인(Miscognition, 誤認)을 만들기 때문이다. 그래서 자화상은 내가 객체가 되고 동시에 주체가 되는 것이지만 결코 내가 나의 얼굴을 그릴 수가 없다. 또한 나는 타인을 통해서만 나를 만날 수 있기에 결국 나는 나를 잃어버리는 상실을 가지게 된다. 바로 그것이 거울의 실낙원이라고 해도 좋다. 곧 자화상이 타화상이 되는 것이기 때문이다. 시인은 결국 거울의 실낙원이 되고 텅 빈 자화상이 된다.

먼저 시적 화자는 나의 기원을 아버지의 존재에서 파악하려고 한다. 그러나 상징적 권력인 아버지의 힘은 "애비는 종이었다. 밤이 깊어도 오지 않았다"는 첫 행에서 무너진다. 그 아버지는 상징 질서의 지배적 위치에 있는 존재가 아니고 큰 상징계(체제) 안에서 억압된 위치에 있는 고단한 하위 주체로 나타난다. 주체 형성 과정에서 아이는 부성과의 동일시를 통해 상징계 안에 진입하고 거세 개념을 받아들여야 주체성 형성이 되는데, 식민지의 빈한한 아이는 자신의 주체를 형성시켜 줄 건강한 상징계를 갖지 못하는 것이다. 상징계 안에 존재하는 아버지는 나의 주체의 기원이 아니라 흔들리는 하위 주체의 위기가 있을 뿐이다. 아버지는 권력과의 동일시를 이룰 수 없는 가난한 비애의 아버지인 것이다.

6행에서 시적 화자의 시선은 억압적이고 절망스러운 상징계로부터 상상계적 사랑의 관계로 옮아간다. 상상계적 타인의 관계는 어머니, 할머니와 같은 나르시시즘적인 사랑의 대상이 될 수 있지만 그녀들의 가난이나 늙음 등은 욕망의 거울이 되지 못한다. 파뿌리같이 늙은 할머니도, 풋살구가 먹고 싶은 임신을 한 어머니도 나의 욕망을 욕망할 수 없는 결핍의 타자다. 매혹의 기표가 될 수 없는 암담한 허기의 존재일 뿐이다. 그리하여 그 자신의 거울은 아무것에도 동일시할 수 없는 텅 빈 거울이고 타자의 욕망 또한 텅 비어 있다. "손톱이 깜한 에미의 아들"은 캄캄한 결핍의 우주 안에 버려져 있는 슬픈 고아다. 시인은 결국 또다시 거울의 실낙원이 된다. 갑오년에 바다에 나가 돌아오지 않는 외할아버지야말로 가장 멀리 있는 부재의 존재이며 상실의 대상이다. 아무도 나를 사랑하거나 욕망하지 않고 거울이 텅 비어 있는 것 같은 나의 결핍 속에서 그래도 조금이라도 시인의 얼굴을 동일시하게 해주는 것은 "숱 많은 머리털과/ 그 크다란 눈이 나는 닮았다"는 외할아버지의 모습이다. 바다에 빠져 있는 머나먼 외할아버지의 모습이 희미한 동일시의 자화상의 일부가 되고 그리움이 된다.

2연 첫 행의 "스물세 해 동안 나를 키운 건 팔할이 바람이다"라는 바람 선언은 아버지도 어머니도 할머니도 외할아버지도 나와 동일시를 이룰 수 없는 부정성의 담론이다. 바람 선언, 즉 부정성의 담론은 농경 사회의 뿌리와 정착의 가족 관계를 거부하고 자유와 방랑, 유랑, 탈주를 꿈꾼다. 바람 선언은 유교적 관계와 기존 사회를 거부하고 부정성의 충동으로 시인 자신의 현대성을 발화한다. "세상은 가도 가도 부끄럽기만 하드라"는 죄의식 속에는 진주조개 속에 진주의 상처가 있듯이 세상을 거부한 상처가 있다. "어떤 이는 ~ 하고, 어떤 이는 ~"라는 언술은 타자에 의해 그려진 자화상이자 곧 타화상이 된다.

"어떤 이는 내 눈에서 죄인을 읽고 가고/ 어떤 이는 내 입

에서 천치를 읽고 가나/ 나는 아무것도 뉘우치진 않을란다"라
는 말처럼 타인의 시선은 하나의 냉혹한 권력이다. 타인의 귀도
잔인한 권력이다. 내 눈에서 죄인을, 내 입에서 천치를 읽고 가
는 타인은 나의 자화상이자 동시에 타화상이 된다. 그러나 시인
은 "나는 아무것도 뉘우치진 않을란다"라는 비장한 초연함을 노
래한다.

　　3연에서 "찬란히 틔워 오는 어느 아침에도 (……) 병든 숫
개마냥 헐떡어리며 나는 왔다."라는 것은 자신이 진정으로 선
택한 자아의 길을 가는 것, 예술의 리비도의 길을 가는 것을 말
한다. 프로이트에 따르면 리비도는 성욕의 것이지만 융에 따르
면 생명의 에너지를 말하는데 예술의 길은 그 두 가지를 다 아
우른다. 서정주의 모든 시에서 리비도는 그렇게 성욕의 것과 생
명 에너지의 것으로 늘 활용된다. "찬란히 티워 오는 어느 아침
에도/ 이마 우에 얹힌 시의 이슬에는/ 몇 방울의 피가 언제나 섞
여 있어"에서는 이슬이라는 투명한 천상의 물과 리비도의 뜨거
운 피가 혼합되어 있다. 영성과 육체성의 혼합이 그것이다. 시는
피가 섞여 있는 이슬로 은유된다. 그 투명하고 깨끗하고 성스럽
고 고결한 이슬은 인체의 상부인 이마 위에 있고 "몇 방울의 피
가 언제나 섞여 있는" 하부의 동물적인 죽음 충동이 혼합된 표현
이다. 그리하여 "볕이거나 그늘이거나 혓바닥 늘어트린/ 병든 숫
개마냥 헐떡어리며 나는 왔다"는 것은 숨찬 리비도의 부름에 따

르는 예술의 길을 걸어왔다는 것이다. 예술의 자기 창조의 자화상의 길을.

『화사집』은 본능적 리비도의 분출, 에로스와 타나토스, 디오니소스적 제의 같은 실존 의식, 자유와 해방 의식을 노래한다. 공격적이고 숨찬 리듬, 파괴적 어조, 호격, 빠른 명령형, 감탄부호 등이 가득 차 있고 역설, 모순어법, 숨찬 반복, 언어유희 등이 역동적으로 움직인다. 스물세 살 식민지 청년 시인의 순수한 리비도와 부정적 충동의 현대성. 충분치 않은 삶이지만 충분한 삶. 고통스런 죄가 많지만 아름다운 죄인. 찬란한 광채가 쏟아지는 대낮 속으로 리비도의 개는 죄 많고 숭고한 예술을 만든다. 참으로 사랑하다가 숨이 끊어질 듯 아름다운 시다.

김승희 1973년 경향신문 신춘문예에 시, 1994년 동아일보 신춘문예에 소설 당선. 시집 『태양미사』『왼손을 위한 협주곡』『미완성의 연가』『달걀 속의 생』『어떻게 밖으로 나갈까』『세상에서 가장 무서운 싸움』『냄비는 둥둥』『도미는 도마 위에서』『희망이 외롭다』『단무지와 베이컨의 진실한 사람』, 소설집 『산타페로 가는 사람』, 장편소설 『왼쪽 날개가 약간 무거운 새』 등을 펴냈다.

수대동水帶洞 시

흰 무명옷 갈아입고 난 마음
싸늘한 돌담에 기대어 서면
사뭇 숫스러워지는 생각, 고구려에 사는 듯
아스럼 눈 감었든 내 넋의 시골
별 생겨나듯 돌아오는 사투리.

등잔불 벌써 키여지는데……
오랫동안 나는 잘못 살었구나.
샤알 보오드레 – 르처럼 섧고 괴로운 서울 여자를
아조 아조 인제는 잊어버려,

선왕산 그늘 수대동 14번지
장수강 뻘밭에 소금 구어 먹든
증조할아버지 적 흙으로 지은 집
오매는 남보단 조개를 잘 줍고
아버지는 등짐 설흔 말 졌느니

여기는 바로 십 년 전 옛날
초록 저고리 입었든 금녀, 꽃각시 비녀 하야 웃든 삼월의
금녀, 나와 둘이 있든 곳.

머잖어 봄은 다시 오리니
금녀 동생을 나는 얻으리
눈섭이 검은 금녀 동생
얻어선 새로 수대동 살리.

「수대동 시」 단상

황인숙

처음 이 시를 읽을 때는 그 옛날 김세레나가 불렀던 유행가 「갑돌이와 갑순이」가 떠올랐었다. 한복을 떨쳐입은 여가수가 달덩이처럼 둥글고 환한 얼굴로 덩실덩실 어깨춤을 추며 "가압돌이이와 가압순이이는 한마을에 살았더래요오~" 노래하는 모습이 텔레비전에 자주 나왔던 시절이 있었다. 흑백 텔레비전이었지만 어쩐지 컬러풀하게 기억되는 그 장면.

첫사랑이 시집가는 날, 먼발치에서 혼례를 지켜보던 쓰라린 가슴. 시에 대한 이런 인상을 설핏 품고 「수대동 시」를 다시 읽는다. 그런데 엇? "여기는 바로 십 년 전 옛날/ 초록 저고리 입었든 금녀, 꽃각시 비녀 하야 웃든 삼월의/ 금녀, 나와 둘이 있든 곳"? 음…… 혼례 직전에 신부와 단둘이 만났다? 음…… 어떻게? 음…… 무슨 말일까?

　내 어설픈 첫인상 따위 지워버리고 다시 「수대동 시」를 읽는다. 미당은 「수대동 시」를 23세에 썼단다. 그로부터 10년 전이면 미당 나이 13세. 그러한즉 위 구절은 때로 몸이 훅 달아올라 싱숭생숭한 풋내기들의 신랑각시놀이를 그린 것. 금녀는 화자 인생에 상처를 남긴 비련의 대상도 사련邪戀의 대상도 아니다. "흰 무명옷 갈아입고 난 마음"을 불러일으키는, 순박하고 때 묻지 않고 위험하지 않은 고향. 그 고향을 절절히 그리는 마음에서 우러난 활유법으로 시인은 금녀를 차용한 것이다. 이 시에서 내게 금녀보다 더 강하게 다가오는 여성 캐릭터는 "섧고 괴로운 서울 여자"다. "등잔불 벌써 키여지는" 줄 모르게 어스름 속에서 "싸늘한 돌담에 기대어 서" 있게 한 인물. 대개들 궁상스럽게 살던 식민지 시절에 부유한 데다가 상류의 세련된 문화를 향유하고 있었을 듯한 그 여자.

　수대동水帶洞은 화자가 어린 시절 살던 곳, 아마 고향일 테다. 이름으로 보아 수대동은 물가에 있는 마을이겠다. 그 물은 장수강長水江 물일 테다. 화자는 고향을 떠난 지 아마도 10년이 되었다. 갯벌과 염전이 있는 그 고향에서 증조할아버지는 흙으로 집을 지었고, 선왕산仙旺山 그늘에 있는 그 흙집(시골집!)의 주소는 수대동 14번지다.

　그 집에 살 때 오매는 남보단 조개를 잘 주웠고, 아버지는 등짐 서른 말을 졌다. 그러니까 가난에 치인 삶이다. 그 고향을 생각하면 고구려에 사는 듯 시골 사투리가 돌아온다. 그런데 왜 하필 고구려일까? 고구려는 화자가 살고 있는 듯한 서울에서 시간적으로나 공간적으로 가장 먼 곳이기 때문이다.

고향에 대한 그리움은 고향을 떠나 먼 곳에 살 때 생겨난다. 또 먼 곳에 대한 그리움이 뒤집힌 향수로 나타나기도 한다. 그래서 고향에 대한 그리움은 먼 곳에 대한 그리움이다. 그 먼 곳에 대한 그리움, 고향에 대한 그리움이 모든 낭만주의의 질료다. 미당의 시적 출발점이 낭만주의라는 뜻이다.

모든 낭만주의자의 고향이 제 실제의 고향인 것은 아니다. 예컨대 뛰어난 낭만주의 시인 김종삼에게 고향은 유럽과 관련이 있는 어떤 예술적 공간이었다. 그의 향수는 자주 먼 곳을 향했다.

그러나 미당의 향수가, 「수대동 시」의 향수가 향하는 고향은 그가 태어나고 자란 실제 공간이다. "내 넋의 시골"이다. "흰 무명옷"의 공간이다. 그 내 넋의 시골을 떠난 화자에게는 지난 10년의 삶이 "잘못 산" 삶이다. 그래서 샤알 보들레르처럼 섧고 괴로운 서울 여자를 인제는 잊어버리려 한다. (지나가는 말이지만, '샤를'이 아니라 '샤알'은 얼마나 보들레르적인가!) 머잖아 봄이 오면, 내 넋의 시골로 돌아가겠다고 화자는 말한다.

이 시에서 보들레르는 섧음과 괴로움의 상징이고, 도시적인 것, 서울적인 것의 상징이다. 그리고 그 서울적인 것은 이제는 버려야 할 것, 잊어버려야 할 것이다. 서울은 "내 넋의 시골"과는 대척점에 있는 네 넋의 도시, 그들 넋의 도시이기 때문이다. 거기 탐닉했던 10년간의 생활을 청산하고 고향 수대동으로 돌아가 다시 시골 생활을 하겠단다. 가난한 고향으로 돌아가서 말이다.

그런데 신기해라. 도시적인 것을 잊어버리겠다는 말투는 도시적으로 매우 세련되었다. '도시적으로 세련되었다'는 말은 그 자체가 이미 '잉여 표현'이다. '도시적'이라는 것은 '세련되었다'는 것이고, '세련되었다'는 것은 '도시적'이라는 뜻이므로. 세련됨의 반의어가 촌스러움 아닌가. 그러니 이렇게 말을 바꾸자. 도시적인 것을 버리겠다는, 잊어버리겠다는 그 말투는 빼어나게 도시적이고, 세련된 것을 버리겠다는, 잊어버리겠다는 그 말투는 빼어나게 세련되었다.

작품 「수대동 시」 자체가 보들레르처럼 도시적인 것, 서울적인 것, 세련된 것이 무엇인지를 보여 준다. 초기 미당이 한국의 보들레르로 여겨졌던 것은 그래서다. 도시 문명과는 대척에 있을 서남 사투리들이 미당의 입을 거치면 가장 도시적이 된다. 말을 바꾸어 세련된다. 유럽적인 것을 그리워하는 김종삼의 뛰어난 시편들은 그 세련됨에선 시골 고향을 그리워하는 미당의 시편들에 버금간다. 시골적인 것, 토속적인 것을 그리는 언어의 특출난 도시성, 다시 말해 질박한 것, 수수한 것을 찬양하는 언어의 특출난 세련됨(거의 화사하기까지 하다!)이 미당시를 읽는 즐거움 가운데 큰 것이다. 미당시 가운데 많은 것은 이런 내용과 형식의 팽팽하고 수려한 미학적 긴장으로 터질 듯하다.

「수대동 시」는 『화사집』의 편편이 그러하듯, 한국어의 아름다움의 절정을 보여 준다. 언어의 연금술사라는 말은 그간 너무 남용돼 이젠 그 말에서 아무런 울림도 들을 수 없지만, 한국어의 연금술사가 있었다면 미당이 바로 그 사람이다. 그 삶이 헌걸차다고 아름다웠다고, 귀감이 된다고 말할 수는 없겠으나, 미당은 20세기 한국 시의 가장 높은 봉우리다.

황인숙 1984년 경향신문 신춘문예로 등단. 시집 『새는 하늘을 자유롭게 풀어놓고』 『슬픔이 나를 깨운다』 『우리는 철새처럼 만났다』 『나의 침울한, 소중한 이여』 『자명한 산책』 『리스본행 야간열차』 『내 삶의 예쁜 종아리』 등을 펴냈다.

컷·김영태

봄

복사꽃 피고, 복사꽃 지고, 뱀이 눈 뜨고, 초록 제비 묻혀 오는 하늬바람 우에 혼령 있는 하눌이여. 피가 잘 돌아…… 아무 병도 없으면 가시내야. 슬픈 일 좀 슬픈 일 좀, 있어야겠다.

말할 수 없는 것과 말해 버린 것

김혜순

    나는 이 글을 통해 끝끝내 '이미지를 유지'하려는 시작詩作 행위와 어떤 상황에도 불구하고 모국어의 아름다움을 두텁게 유지하려는 시작 행위에 대해 생각하고 싶다. 공동체의 이미지를 사라지게 하고, 파괴하고, 죽이려고 하는 힘 앞에서 관찰을 쉬지 않는 것, 기억하려 하는 것, 이미지 안에 시적 자아를 보전하려 하는 것, 그리고 공동체의 서정적인 감응을 전하려고 하는 것 말이다. 이미지는 항상 당대의, 역사의 눈 속에 존재하고, 시안에 채굴되어 공동체에 되비친다.

    서정주의 「봄」은 짧은 시다. 비유도 없고, 대단한 철학적 사유도 없다. 시의 첫 부분 "복사꽃 피고, 복사꽃 지고, 뱀이 눈 뜨고, 초록 제비 묻혀 오는 하늬바람 우에"는 묘사다. 그다음

"혼령 있는 하눌이여"는 영탄이다. 영탄 속에 시인의 주장, 해석이 담겨 있다. 봄 하늘에는 혼령이 있다는 것. 식민지에도 봄은 온다는 것. 꽃이 피고, 겨울 동물들이 살아나고, 다시 눈 뜨고 돌아온다는 것. 누가 뭐래도 이 땅을 벗어난, 쳐다본 저 하늘에는 이 나라의 혼령이 있다는 것. 다시 봄이 돌아왔다는 것.

"초록 제비 묻혀 오는 하늬바람 우에 혼령 있는 하눌이여"는 관찰하는 자의 부동자세를 넘어선다. 영탄의 진술이 이미지를 보전하려는 시적 자아를 품고, 공동체의 서정적인 이미지를 보전한다. 서정주와 서정시. 파괴하려는 힘에 대항한 이미지의 거대한 존재성이 드러난다. 이 존재성은 행위성과 동일시될 수도 있다.

그런데 우리가 다 알다시피 이 시의 화자는 젊다. 어이가 없게도 피가 잘 돈다. 왜 어이가 없는가. 이 상황에 피가 잘 돌다니, 그렇게 아이러니컬하게 말할 수 있는 개인적, 공동체적 상황이 있고, 처지가 있었다는 걸 우리가 또 다 안다. 그럴 때, 시인은 "아무 병도 없으면 가시내야. 슬픈 일 좀 슬픈 일 좀, 있어야겠다"라고 한다. 묘사에 이은 독백이다. '가시내야'라고 자신처럼 젊은 한 여자를 부르고, 시인은 독백한다. 짧은 시지만 시에는 충만한 봄이 있다. 시적 화자와 봄과의 동화가 너무 충만한 나머지, 마침내 '나'는 사라지고, 아파지고 싶다. 일개인인 시인으로서 아프지 않으면 슬프기라도 해야 한다. 저 국가적인 상황과는 상관없이 피고 지고, 눈뜨는 봄처럼 말이다.

　"아무 병도 없으면"과 "슬픈 일 좀 슬픈 일 좀, 있어야겠다" 사이에는 생략이 있다. 그 사이에 수많은 언어가 있을 수 있다. 나는 수업 중에 학생들에게 물어보았다. 이 두 어구 사이에 무슨 사연과 무슨 말이 있을 수 있느냐고. 시인은 도대체 이런 말을 왜 하냐고. 이 시의 화자처럼 '아무 병' 없는 남학생, 여학생들은 이 두 어구 사이에 들어갈 사연을 잘 설명하지 못한다. 사연을 모르는 것이 아니라, 사연이 생략되어 있다는 것을, 그 생략되는 사이를 마련하는 것이 시라는 것을 알지 못한다. 그러면 선생인 나는 무슨 핑계든, 무슨 말이든 다 옳으니 생각해 보라고 한다. 학생들은 마지못해 대답한다. "식민지니까, 심심하니까, 가시내가 말을 안 들으니까." 등등. 그러면 나는 그 대답이 다 옳다고 한다. 그러면서 말한다. 그 두 어구 사이에 "식민지니까, 심심하니까, 가시내가 말을 안 들으니까."를 넣어 읽어 보라고 한다. 그러면 시가 어떻게 읽히냐고, 다시 대답을 강요한다. 그러면서 시는 그 핑계, 그 설명을 빼먹은 그 공허의 박동에, 그 공터의 숨결에 거주하고 있다고 말해 준다. 그 핑계와 공허와 공터가 넓을수록 시가 커진다고 말해 준다. 그 텅 빈 곳을 상상하는 것이 시를 읽는 독자의 태도라고 말해 준다. 시에서 이미지와 언어의 연대, 이미지에 대한 어떤 윤리성의 내포라고 확대해 설명해 준다. 시는 단어를 낚는 것이 아니라 단어와 단어 사이, 문장과 문장 사이에 있고, 비언어에 있다고 말한다.

어느 해 봄이던가, 머언 옛날입니다.

나는 어느 친척의 부인을 모시고 성城 안 동백꽃나무 그늘에 와
있었습니다.

부인은 그 호화로운 꽃들을 피운 하늘의 부분이 어딘가를 아시기
나 하는 듯이 앉어 계시고, 나는 풀밭 위에 흥근한 낙화가 안씨러워
줏어 모아서는 부인의 펼쳐든 치마폭에 갖다 놓았습니다.

쉬임 없이 그 짓을 되풀이하였습니다.

그 뒤 나는 연년年年히 서정시를 썼습니다만 그것은 모두가 그때
그 꽃들을 줏어다가 디리던 ― 그 마음과 별로 다름이 없었습니다.

그러나 인제 웬일인지 나는 이것을 받어 줄 이가 땅 위엔 아무도
없음을 봅니다.

내가 줏어 모은 꽃들은 제절로 내 손에서 땅 위에 떨어져 구을르고
또 그런 마음으로밖에는 나는 내 시를 쓸 수가 없습니다.

―「나의 시」

「나의 시」(『서정주시선』, 1956)는 「봄」의 서사적 변형이다.
「봄」에는 시간의 흐름이 없다. 하지만 「나의 시」에서는 '어느 해

봄'. '머언 옛날'에서부터 '되풀이'를 거쳐 '인제'까지로 시간이 흐른다. 「봄」에는 단일자로서의 즉각성이 있고, 「나의 시」에는 복수 화자로서의 영속성이 있다. 「봄」의 '가시내'는 「나의 시」의 '친척의 부인'으로 변형된다. 「봄」의 '가시내'는 미지칭이라 할 수 있지만, 「나의 시」의 '친척의 부인'은 구체적인 인물이다. '가시내'는 "혼령 있는 하눌"을 알지 못하는, "아무 병도 없으면 슬픈 일"이 왜 있어야 하는지 알지 못하는 '독자'의 다른 이름일 수도 있지만, '친척의 부인'은 "그 호화로운 꽃들을 피운 하늘의 부분이 어딘가를 아"는, 개화를 관장하는 이를 아시는 분이다. 어쩌면 화자 '나'에게는 신적인, 전능의 인물이다. 「봄」의 '복사꽃'은 분홍이고, 「나의 시」의 '동백'은 붉다. 「나의 시」에서 "나는 풀밭 위에 흥근한 낙화가 안씨러워 줏어 모아서는 부인의 펼쳐든 치마폭에 갖다놓"는 행위를 반복하면서, 자신이 계속 '서정시'를 쓰던 이유는 그 마음과 다름이 없었다고 고백한다. 그러나 이제 그 부인이 계시지 않게 되어 "줏어 모은 꽃들은 제절로 내 손에서 땅 위에 떨어져 구을르고/ 또 그런 마음으로밖에는 나는 내 시를 쓸 수가 없"게 되었다고 한다. 「봄」에는 공허가 들어설 여지가 있고, 순간의 미학이 절정으로 치닫는 발판이 마련되어 있다. 하지만 「나의 시」에는 자신의 시를 이야기하려는 의지가 작동한다. 자신의 행위를 해명하려고 한다. 자신의 시가 절대적 타자에게 헌화하는 고결한 행동을 잃은 처지를 비관한다. 그 때문에 시에 시간이 개입한다. 현실에서 신화를 가동하려는 욕구가 있거나 상대를 풍자하려고 할 때 시에 서사가 들어온다. 설명적 묘사가 들어온다. 「나의 시」는 자신의 심경에 대한 직접 토로이고, 자신의 시에 대한 직접적인 토로다. 헌화하는 대상이 있을 때의 '서정시'와 그 대상을 상실했을 때의 지금의 시가 대비되게 함으로써 자신의 처지를 비관하려는 시적 자아가 노출된다. 존재의 영속성이랄까, 충만한 시간을 갈구하는 자신을 더 돌올하게 드러내려는 의지가 노출된다. 왜 이렇게 시인은 변화해 간 걸까? 시적 화자의 말 그대로 왜 '서정시'를 떠난 걸까? 관찰의 직접 드러냄과 서정적 자아의 직접 고백 대신에 서사에 이미지를 복속시키면서 왜 이야기로 방향을 트는 걸까? 자아를 보전하려는 의지가 더욱 강해진 걸까? 계속 살아 있기 위함일까? 혹, 보전하려는 이미지를 신화 안에 꼭꼭 숨기고 싶어서일까? 자신의 생것의 목소리가 다칠까 봐 겁이 나는 걸까? 「봄」의 현기증이 「나의 시」의 해명과 절망으로 변화해 간 것은 자신을 보전하고 싶은 욕구가 너무 커진 때문일까?

　　「나의 시」에도 "호화로운 꽃들을 피운 하늘"과 "줏어 모은 꽃들은 제절로 내 손에서 땅 위에 떨어져 구을르고" 같은 이미지가 있다. 과거에는 불가결했으나 현재에는 불가능한 이미지의 나열이 있다. 그러나 그다음 이미지를 망가뜨리는 언술을 이어서 배치함으로써 불가능의 기록, 절망의 기록을 돌올하게 하려는 의도가 있다. 그러나 「나의 시」의 이 이미지들은 무언가를 무릅쓰지 않는다. 시 안에서 이미지는 창발하지 않고 잔존할 뿐이다.

서정주의 시는 그럼에도 불구한, 어떤 것을 혼자 감내한 언어의 창발, 이미지의 생성, 보이지 않고 들리지 않는 것의 상형에 그 존재 가치가 있었다. 죽음에 처해져 사라질 위기에 처한 공동체의 고유한 이미지들, 고유한 언어들에게 원초적 생명성을 부여하는 것, 그 아름다움을 간직해 모셔 주는 공터가 있었다. 시는 아름다움에서 윤리가 생성되도록 언어를 가동해 나가는 것이니까. 그런데 그는 왜 세월이 흐른 다음 같은 '봄'날을 다시 쓰면서 시의 여백, 공허, 침묵을 지웠을까? 그는 왜 '말할 수 없는 것'을 시에서 지우고, 모두 말해 버리고자 결심했을까? 그는 무엇이 두려워 '서정시'에 서사를 덧입혀 시의 삶을 다시 살아 나갔을까?

김혜순 1979년 『문학과지성』으로 등단. 시집 『또 다른 별에서』 『아버지가 세운 허수아비』 『어느 별의 지옥』 『우리들의 음화』 『나의 우파니샤드, 서울』 『불쌍한 사랑 기계』 『달력 공장 공장장님 보세요』 『한 잔의 붉은 거울』 『당신의 첫』 『슬픔치약 거울크림』 『피어라 돼지』 『죽음의 자서전』 『날개 환상통』 『지구가 죽으면 달은 누굴 돌지?』 등을 펴냈다.

부활

　내 너를 찾아왔다 수나順娜. 너 참 내 앞에 많이 있구나. 내가 혼자서 종로를 걸어가면 사방에서 네가 웃고 오는구나. 새벽닭이 울 때마다 보고 싶었다. 내 부르는 소리 귓가에 들리드냐. 수나, 이게 몇만 시간 만이냐. 그날 꽃상여 산 넘어서 간 다음 내 눈동자 속에는 빈 하눌만 남드니, 매만져 볼 머리카락 하나 머리카락 하나 없드니, 비만 자꾸 오고…… 촛불 밖에 부흥이 우는 돌문을 열고 가면 강물은 또 몇천 린 지, 한번 가선 소식 없든 그 어려운 주소에서 너 무슨 무지개로 내려왔느냐. 종로 네거리에 뿌우여니 흘어져서, 뭐라고 조잘대며 햇볕에 오는 애들. 그중에도 열아홉 살쯤 스무 살쯤 되는 애들. 그들의 눈망울 속에, 핏대에, 가슴속에 들어앉어 수나! 수나! 수나! 너 인제 모두 다 내 앞에 오는구나.

　• 편집자주—'유나臾娜'(『화사집』)와 '순아'(『서정주시선』)의 판본이 있으나 김동리의 『귀촉도』 발사(수나順娜) 및 윤정희의 음향시 『화사집』 녹음 시 미당의 증언에 따라 전집에서는 '수나'를 택했다.

이 시는 도대체 어디서 온 것인가

마종기

"내 너를 찾아왔다 순아. 너 참 내 앞에 많이 있구나"

내가 미당의 시 「부활」을 처음 읽고 통째로 가슴이 허물어지는 듯한 느낌을 받았던 때는 중학교 3학년 때였다. 초등학교 6학년에는 한국전쟁이 터졌고 그해 겨울 우리는 마산으로 피난을 갔다. 거기서 나는 초등학교를 졸업하고 또 대구로 이사를 갔고 그곳의 천막 피난학교를 다니다가 중학교 3학년이 되어서야 서울로 환도를 했다. 그때 같은 동네에 살던 초등학교 동창이자 나랑 함께 글을 읽고 쓰기를 좋아하던 이중한이란 친구가 있었다.

친구는 학교 공부도 잘했지만 친구의 아버지가 책을 많이 가지고 계셔서 나는 자주 그 친구에게서 책들을 빌려 읽었다.

그러던 하루 이 친구가 시 한 편을 적은 종이를 내게 보이며 읽어 보라고 준 것이 바로 미당의 「부활」이란 시였다. 그러면서 하는 말이 우리가 자라서 좋은 시인이 되려면 바로 이런 시를 자주 읽고 써야 한다고 단언했다. 나는 친구의 그 말에 호기심이 더해져서 같은 시를 몇 번씩 읽고 또 읽었다. 그리고 시를 쓴 종이를 집에 가지고 와서 마침내는 그 시가 애띤 곡조를 만들어 내며 낮은음의 노래가 되어 외워지기 시작했다.

그 시는 내가 그때까지 한국의 훌륭한 대표시라고 읽었던 시들과는 어딘가 많이 달랐다. 해야 솟아라, 구름에 달 가듯이 가는 나그네, 꽃이 지기로서니 바람을 탓하랴, 를 읽으면서 한국의 선배 시를 제법 섭렵했다고 믿었었는데 느낌부터 생판 다른 이 시는 도대체 어디서 온 것인가. 어딘지 촌스럽고 점잖지 못한 것 같고 주책없이 우는지 한 맺힌 넋두리 같기도 한 시, 그러면서도 한편으로는 혼자 환각에 빠져드는 듯한 묘한 분위기에서 황당하면서도 어쩔 수 없이 정확한 표현으로 읽히던 시, 오래 헤어졌던 그리운 사람을 다시 만나는 것 같은 가슴 벅찬 행복감으로 그 시를 어느 틈에 다 외워 버리고 말았다.

내가 이 시에 빠져 허우적거린 열병이 그 후 얼마나 지속되었는지 잘 모르겠지만 한번은 이 시를 외우며 혼자서 종로를 걸었던 기억이 있다. 우리는 한국전쟁 훨씬 이전부터 종로구 명륜동, 바로 성균관 입구의 자그만 집에서 살았는데 큰길로 나와서 전차를 타면 두 정거장 만에 종로 4가까지 가게 되고 나는 거기서 아마도 늦가을이었던 종로 거리를 걸으며 미당의 시 「부활」을 외웠을 것이다. 그때도 가로수 플라타너스 큰 잎이 낙엽으로 날렸을 것이고 황폐할 대로 황폐한 종로 거리, 전쟁의 지저분한 상처로 여기저기 흩어진 쓰레기를 피해 가며 혼자서 걸었겠지. 그러면서 시 속을 헤어 나오지 못한 채 외로워하며 순아를 만나려고 종로 거리를 헤매 걸었던 기억…… 내가 혼자서 종로를 걸어가면 사방에서 네가 웃고 오는구나…….

시인이 되고 싶었던 어린 시절, 미당의 「부활」이란 시에 빠져서 살았던 그때의 기억 때문이기도 하겠지만 나는 그 황홀한 환청과 환시로 나를 살게 했던 시 「부활」을 아직도 아름다운 한국 시의 대표작 중의 하나라고 생각하고 있다. 그러나 내가 정작 미당 선생을 만나 뵙고 인사를 드리게 된 것은 그 후 5, 6년이 지난 의과대학 본과 1학년 때 『현대문학』지에 3회 추천을 완료하고 시인의 칭호를 받은 직후였다. 그날이 양력설이었는지 음력설이었는지 확실치 않지만 미당에게 추천을 받아 시인이 된 친구가 갑자기 미당 선생에게 함께 세배를 가자고 했다. 그리고 나는 그 친구를 따라 마포구 공덕동의 진창 오르막길을 걸어 미당 선생 댁을 찾았고 세배를 드리면서 첫인사를 드렸다. 그날의 기억으로 생각나는 것은 선생님의 방이 상당히 어두웠고 선생님은 방석에 앉아서 우리에게 조그만 잔에 뜨거운 차를 따라 주셨는데 그 차 안에는 조그맣고 하얀 꽃이 둥둥 떠 있었다. 나는 이런 차를 마셔 본 적이 없어 이 꽃을 삼켜 먹어도 되는 것인지 아닌지 혼자 당황했었다.

그 후 미당 선생을 만나 인사를 드린 것은 무려 20년 이상이 흐른 1980년대 중반이었다. 나는 의과대학을 졸업하고 군의관 3년 복무를 마친 후 한 달도 지나지 않아 미국의 한 병원에 인턴으로 취직되어 고국을 떠났다. 5년간의 전문의 과정을 좀 더 좋은 환경에서 배우고 난 뒤 귀국하고 싶었던 희망은 어디로 사라지고 나는 어쩌다 꿈도 꾸지 않았던 외국의 의사로 평생을 지내고 말았다. 80년대에 나는 2년에 한 번씩 2, 3주일 동안 귀국했었는데 한번은 시인 김영태가 뜬금없이 미당 선생을 찾아가 인사를 드리자고 했다. 우리는 종로 어딘가에 있던 『문학정신』이라는 월간 문예지의 사무실을 찾아갔고 마침 반주를 곁들인 점심 식사를 마치고 돌아오시던 선생님을 뵙고 인사를 드렸다. 얼큰하게 한잔하신 선생님은 그 뭣이더냐, 마군이 미국에 살고 있으니 미국의 현대시를 소개하는 글을 길게 써서 보내 주고 그리고 또 뭣이더냐, 시도 한 열 편을 써서 보내면 우리 잡지에 싣겠네, 하셨다. 그 후 미국의 현대시를 소개하는 100매 이상의 글은 마감일 안에 써서 잡지에 실렸지만 보내라고 하신 시는 결국 보내지 못하고 말았다.

이제 내 나이도 선생님이 돌아가신 나이를 바로 넘어섰다.

그간 선생님의 다른 시도 많이 읽어 왔고「부활」보다 낫다고 평하는 미당의 시들도 읽어 왔지만 어린 날「부활」이란 시를 읽고 앓았던 그 열병은 다른 시에서는 느껴 보지 못했다. 항간에서는「부활」이란 시가 실린 미당의 처녀시집『화사집』에는 연인의 이름이 순아가 아니고 유나_{臾娜}로 되어 있고 꽃상여_{喪輿} 대신에 꽃상부_{喪阜}라고 되어 있으니까 원래 1941년에 100부 한정판으로 출간된『화사집』에 있는 원문대로 읽어야 된다고 주장한다. 하지만 그런 우리 문학 전공 학자의 말이 원칙적으로 맞는다고 해도 시인 자신이 스스로 고친 것이고 나중에도 어느 게 옳고 그르다는 말을 한 적이 없다니 나같이 졸작을 발표한 후에도 변덕을 부리면서 고치기를 자주하는 입장에서는 오히려 순아가 더 마음에 드는 것은 어쩔 수가 없다.

진정으로 시인 같았던 시인, 미당의 명복을 빌며 다시 한번 선생의 시를 읽어 본다. "순아! 순아! 순아! 너 인제 모두 다 내 앞에 오는구나."

마종기 1959년『현대문학』으로 등단. 시집『조용한 개선』『두 번째 겨울』『평균율』(2권, 공저)『변경의 꽃』『안 보이는 사랑의 나라』『모여서 사는 것이 어디 갈대들뿐이랴』『그 나라 하늘빛』『이슬의 눈』『새들의 꿈에서는 나무 냄새가 난다』『우리는 서로 부르고 있는 것일까』『하늘의 맨살』『마흔두 개의 초록』『천사의 탄식』등을 펴냈다.

귀촉도歸蜀途

눈물 아롱 아롱
피리 불고 가신 님의 밟으신 길은
진달래 꽃비 오는 서역西域 삼만 리.
흰 옷깃 여며 여며 가옵신 님의
다시 오진 못하는 파촉巴蜀 삼만 리.

신이나 삼어 줄걸 슬픈 사연의
올올이 아로새긴 육날 메투리.
은장도 푸른 날로 이냥 베혀서
부질없는 이 머리털 엮어 드릴걸.

초롱에 불빛, 지친 밤하늘
굽이굽이 은핫물 목이 젖은 새,
차마 아니 솟는 가락 눈이 감겨서
제 피에 취한 새가 귀촉도 운다.
그대 하늘 끝 호올로 가신 님아

* 육날 메투리는 신 중에서는 으뜸인 메투리 중에서도 가장 아름다운 조선의 신발이
 었느니라. 귀촉도는 항용 우리들이 두견이라고도 하고 솔작새라고도 하고 접동새라
 고도 하고 자규라고도 하는 새가, 귀촉도…… 귀촉도…… 그런 발음으로 우는 것이
 라고 지하에 돌아간 우리들의 조상 때부터 들어 온 데서 생긴 말씀이니라.

이토록 눈물겨운 아롱 아롱!

고두현

그땐 제목도 모르고 혹했다. 첫 구절 때문이었다. "눈물 아롱 아롱"이라는 시구를 보자마자 눈앞이 아른거리면서 심장이 울렁거리기 시작했다. 중학교 1학년 가을, 아버지가 돌아가신 직후여서 그랬는지도 모른다.

이어지는 구절은 더 애틋했다. "피리 불고 가신 님의 밟으신 길은/ 진달래 꽃비 오는 서역西域 삼만 리./ 흰 옷깃 여며 여며 가옵신 님의/ 다시 오진 못하는 파촉巴蜀 삼만 리." 가슴 한쪽이 미어지는 듯했다. 어쩌면 슬픔을 이렇게 아름답게 표현할 수 있단 말인가. "신이나 삼어 줄걸 슬픈 사연의"에서 눈물이 차오르더니 "굽이굽이 은핫물 목이 젖은 새,/ 차마 아니 솟는 가락 눈이 감겨서"에서 그만 울음이 터지고 말았다.

당시 우리 가족은 남해 금산 중턱의 작은 절집에 얹혀살고 있었다. 아버지가 일제 때 북간도로 뜻을 품고 갔다가 실패하고 전쟁통에 몸까지 상한 뒤 늘그막에 닿은 곳이 절집 곁방이었다. 그곳에서 "다시 오진 못하는" 곳으로 쓸쓸하게 먼 길을 떠난 상황이었으니 열네 살 소년의 가슴에도 애잔하고, 슬프고, 뭐라 형언할 수 없는 울림이 뭉근하게 전해졌다.

산 아랫마을 친구네 삼촌 방에서 이 시를 읽은 나는 그 자리에 엎드려 공책에다 한 줄씩 베껴 썼다. 옮겨 쓰는 과정에서 몇 번이나 잘못 적은 구절들이 있다. "밟으신 길"을 "떠나간 길"로, "목이 젖은 새"를 "목이 메인 새"로 무심코 옮기다가 아하, 하며 고쳐 썼다. 그러면서 왜 이런 시어를 썼는지 어렴풋이 짐작하며 고개를 끄덕이곤 했다.

대학 국문과에 입학해 향가鄕歌와 여요麗謠를 필사하는 과정에서 이 시를 다시 옮겨 쓰게 됐다. 그때 행간에 담긴 깊은 뜻과 오묘한 말맛, 매혹적인 운율, 눈물겨운 서정의 참맛을 새롭게 발견했다. 아 "제 피에 취한 새가" 우는 소리의 공기 진동이 시인의 몸을 만나면 이렇게 둥근 "아롱 아롱"의 눈물로 변하는구나. 이 "눈물"이 마지막 연에서 "은핫물"로 확장되는구나. 방울진 눈물에서 굽이진 강물로 증폭되는 그 "아롱 아롱"의 사이에 지상과 천상을 아우르는 사랑과 그리움의 정한이 우주처럼 펼쳐지는구나.

이 특별한 그리움의 공간은 서역과 파촉의 삼만 리, 밤하늘 은하의 양쪽 너비를 단숨에 뛰어넘는다. 이미 지난 서역의 길이 땅 위의 그리움을 비추는 거울이라면 지금 굽이굽이 흐르는 은하의 물길은 하늘의 그리움을 비추는 수면이다. 이 시공간을 이어주는 땅의 매개가 "육날 메투리"로 상징되는 신발이고, 하늘의 매개가 "제 피에 취한 새" 즉 귀촉도(두견새) 아닌가.

시에 담긴 옛 설화의 의미가 비로소 다가왔다. 나라를 빼앗기고 쫓겨난 촉蜀나라 망제望帝 두우杜宇의 넋이 두견새가 되어 고향으로 돌아가고 싶다며 "귀촉歸蜀 귀촉" 슬피 우는 사연. 얼마나 한이 맺혔으면 피를 토하며 울고 토한 피를 다시 삼켜 목을 적신다고 했을까. 그 한스러운 피가 진달래 뿌리에 스며 꽃이 붉어졌다거나 꽃잎을 붉게 물들였다고 하고, 그래서 진달래를 두견화라고 부른다니…….

미당은 이 시에서 새가 제 피를 다시 삼키는 대신 은핫물로 목을 적신다고 표현했다. 이 대목에서 한 맺히고 억울한 새는 하늘 물로 "아롱 아롱" 제 몸을 헹구며 새로 태어난다. 그 새의 눈물과 강물이 만나는 곳이 곧 은하수다. 강물의 양 끝에 서역과 파촉, 님과 내가 있다. 눈물과 이별의 정한을 한층 높은 차원의 사랑 노래로 승화시키는 이 기막힌 솜씨 앞에서 나는 금세 순한 님이 된다. 소월의 「진달래꽃」이 아직 오지 않은 미래의 이별을 전제로 한 사랑 노래라면 미당의 「귀촉도」는 "다시 오진 못하는"

기왕의 이별 위에 애틋한 그리움을 녹여 낸 사랑 노래다.

나를 전율케 한 또 하나의 요소는 탄복할 정도로 살아 꿈틀대는 운율의 묘미였다. 3음보 7·5조의 전통 율격을 잘 살려 내면서 전체 14행 중 12행의 뒷부분을 모두 2+3(또는 3+2)음절로 절묘하게 엮어 낸 솜씨에 기가 막혔다. 1연의 "밟으신 길은"부터 "파촉 삼만 리", 2연의 "슬픈 사연의"부터 "엮어 드릴걸", 3연의 "지친 밤하늘"부터 "귀촉도 운다"까지 그야말로 미당만이 할 수 있는 천부적 음수율이 아닐까 했다.

우리말을 이렇게 자유자재로 부리면서 하늘이 내릴 법한 시를 쓰려면 어떤 경지에 올라야 할까. 미당이 이 시를 처음 발표(『여성』(1940), 개작 후 『춘추』(1943)에 게재)한 나이가 스물여섯 청년이었으니 가히 '타고난 시인'이요 '천의무봉'이라 할 수밖에. 그러나 이게 그냥 나온 게 아니었다. 그의 호 미당未堂이 '덜 된 집', '아직은 조금 부족한 사람'이라는 뜻인 것처럼 그는 지극한 마음으로 시를 모시고 혼신의 힘으로 시를 썼다. 피가 마를 정도로 육체와 정신을 혹사했다. 게다가 '늘 소년이려는 마음'까지 갖췄으니, 아무나 흉내내기 힘든 천상의 경지가 여기에서 나오지 않았나 싶다.

1997년 서울 남현동 댁에 들렀을 때 일이다. 그날 봉산산방에 단군처럼 앉아서 미당은 들이단짝으로 '심장' 이야기를 했다. "아, 글쎄. 심장이 말라붙었어. 표피건조증이라고…… 말라

붙어서 북가죽마냥 됐단 말일세. 평생 시를 쓰느라고 심장을 너무 혹사해서 그런 게지. 시는 감동 아닌가. 얕은 기교는 못 써. 이맨큼 오그라붙도록 온 심장으로 써야 하는 거야. 심장은 시의 근본이여. 뜨거운 정신의 뿌리!"

그랬다. 심장! 점심때부터 해가 뉘엿뉘엿 넘어갈 때까지 심장과 뿌리 얘길 들으면서 나도 모르게 몸과 마음이 뜨거워졌다. 그날 미당은 맥주잔을 가만가만 들었다 놨다 하면서 제법 많이 마셨다. 제발 술 좀 줄이라는 지청구를 들으면서도 늘 하던 것처럼 "아직도 맥주가 젤로 좋아"라는 말을 후렴구로 덧붙였다. "국화밭에 물 주듯이 심장을 축축하게 적셔 주는 거 말일세. 그렇지 않은가?"

국화와 물. 「귀촉도」의 "진달래 꽃비"에 「첫사랑의 시」가 겹쳐졌다. "국민학교 3학년 때/ 나는 열두 살이었는데요./ 우리 이쁜 여선생님을/ 너무나 좋아해서요./ 손톱도 그분같이 늘 깨끗이 깎고,/ 공부도 첫째를 노려서 하고,/ 그러면서 산에 가선 산돌을 줏어다가/ 국화밭에 놓아두곤/ 날마다 물을 주어 길렀어요."

산돌을 주워다가 날마다 물을 주어 기르는 마음. 거기에서 꽃이 필 리 없건만 날마다 지극정성으로 물을 주어 기르는 순백의 심성. 시인은 아무리 나이가 들어도 평생 아이의 마음, 팔순 넘어서도 '아직 철이 덜 든' 초동이었다. 그런 그가 마침내 아이가 되어 자신이 왔던 그곳으로 돌아갔다. 2000년 12월 24일 밤, 눈 내리는 성탄 전야에 "하늘 끝"으로 "호을로" 갔다. 촉나라 두 우가 떠난 "서역 삼만 리", "다시 오진 못하는 파촉 삼만 리"보다 더 먼 길을.

그로부터 강산이 두 번도 더 변했지만, 어릴 적 만난 "눈물 아롱 아롱"의 놀라운 공명과 함께 「귀촉도」의 울림은 여전히 내 심장을 일렁거리게 한다. 소년기에 처음 본 순간의 그 떨림, 젊은 날 습작기에 새로 발견한 말맛과 운율, 시공간을 초월하는 애가哀歌의 깊고 도타운 의미를 되새기면서 오늘 다시 이 시를 공책에 옮겨 써 본다.

고 1993년 중앙일보로 등단. 시집『늦게 온 소포』『물미해안에서 보내는 편
두 지』『달의 뒷면을 보다』『오래된 길이 돌아서서 나를 바라볼 때』와 시선
현 집『남해, 바다를 걷다』등을 펴냈다.

푸르른 날

눈이 부시게 푸르른 날은
그리운 사람을 그리워하자

저기 저기 저, 가을 꽃자리
초록이 지쳐 단풍 드는데

눈이 나리면 어이 하리야
봄이 또오면 어이 하리야

내가 죽고서 네가 산다면?
네가 죽고서 내가 산다면!

눈이 부시게 푸르른 날은
그리운 사람을 그리워하자

절창에 녹다

정현종

노래의 자연
　― 미당 서정주 선생을 추모하며 그의 시를 기리는 노래

향가 이후
이런 무의식의 즙이 오른 언어가 어디 있었느냐.
땅이 꽃을 피워 내듯이
나무에 물 오르고 뻐꾸기가 울듯이
시의 제일 높은 자리
노래의 자연을 만판 피워 냈느니.
활자들이 모두 주천酒泉이기나 한 듯
거기서 술이 뿔록뿔록 용출湧出하여,

우리는 민족적으로 취하여,
정치 경제 군사 또 그 무엇도 하지 못한
신명을 풀무질하지 않았느냐.
(그러니 그의 정치적 백치
뒤에 오면서 늘어나는 과잉 능청 그런 것들은
〈악덕의 영양분〉으로 섭취하는 게 좋으리.
용서를 빈 바도 있으시고
브레히트의 〈쉰 목소리〉도 그럼직하며
관용은 정의를 비로소 정의롭게 하리니)
어떻든 잘 익은 술이나 김치의 맛과도 같이
그다지도 곰삭은 그의 노래의 맛은
느낌의 영매靈媒의 이 또한 곰삭은 몸과 마음에서
샘솟아 흘러나온 것이니
괴로우나 즐거우나
세상살이의 맛을 한결같게 하는
노래의 일미행一味行이 아니고 또 무엇이랴.
감정이거나 욕망이거나 꽃이거나 바람이거나
그 노래에서 새로 태어난 사물의 목록
그 탄생의 미묘한 파동의 목록을 우리는 아직
다 작성하지 아니했느니.
(한 나라 한 부족이 대접을 받으려면

문화적 보물이 있어야 한다는 건 뻔한 얘기)
나는 술잔을 앞에 놓고
한국어의 한 자존심 그 보물 중에서
내 십팔번「푸르른 날」을 불러 본다.

내가 죽고서 네가 산다면?
네가 죽고서 내가 산다면!

눈이 부시게 푸르른 날은
그리운 사람을 그리워하자

이 글은 미당 서거 몇 주기 때인지는 기억이 나지 않으나,
그를 추모하는 시「노래의 자연」이라는 작품을 산문으로 풀어
본 것이다.

우선 미당시를 규정하고 있는 제목은 좋은 시, 최상급의 시
를 가리키는데, 우리가 다 알다시피 '자연'은 완전하기 때문이다.

언어는 이성의 산물이요 인공물人工物인데, 언어 중에 제일
자연에 가까운 언어가 시(노래)라고 할 수 있다. 그래서 나는 시
를 인공자연이라고 하기도 하였다.

다시 말하여, 융이라는 심층 심리학자가 말하듯이, 산문이
의식의 언어라면 시는 무의식의 언어이다. '무의식'이라고 명명

된 영역은 전신적全身的인 것인 만큼 그 깊이와 넓이를 헤아리기 어렵다. 그 탯줄이 우주와 연결되어 있어서 인간은 어느덧 우주적인 존재가 된다.

저러한 뜻을 아우르는 '무의식의 즙이 오른 언어'는 땅이 꽃을 피워 내고 뻐꾸기가 울듯이 시를 써낸 것이다. 미당의 시가 잘 익은 술이나 김치의 맛과 같이 곰삭은 것이라는 얘기도 위의 얘기와 맥락을 같이한다. 감각적인 것이든 내적인 것이든 어떤 경험이 좋은 예술 작품이 되려면 항상 시간이 필요하다. 익어야 하기 때문이다. 발효.

라이너 마리아 릴케는 한 편지에서 "사랑하는 당신, 너무 빨리 느끼지 않는 사람; 그 느낌이 잘 익었을 때에만 느끼는 사람"이라는 말을 하고 있다. 놀랍지 않은가. 좋은 시인의 아주 중요한 조건은 어떤 느낌이 잘 익었을 때에만 느끼는 사람이어야 한다는 것이다! (릴케의 시에 관한 이야기는 나의 시집 『그림자에 불타다』에 있는 산문 참조)

모든 인생이 괴로움과 즐거움으로 짜여 있는 것이겠으나 미당의 자전적 작품들을 보면 그야말로 파란만장인데 그 겪은 것들이 모두 시의 재료가 되었으니, 시 쓰기는 괴로우나 즐거우나 세상살이의 맛을 한결같게 하는 일미행一味行인 것이다. 그러니까 시 쓰기는 실존의 정리 행위요 일종의 극복 과정이며 고양 작업이라고 할 수도 있겠다. 그러면서 시 속에서는 고락을 딱히 구별하기 어려우니 일미행이라고 하였다. 노래의 일미행. 어떤 시인의 시를 통해서 우리가 겪는 일들은, 괴로우나 즐거우나, '노래'가 된다.

여기서 우리는 니체의 말을 다시 음미해 봐도 좋을 것 같다. 시시한 말들을 많이 읽는 것보다 설득력 있는 통찰로 우리의 정신을 고양시키는 좋은 말을 되풀이 읽는 게 우리에게 훨씬 더 유익하기 때문이다.

예술은 인식자의 구원이다 ― 삶의 의문스럽고도 끔찍한 성격을 주시하고, 주시하고 싶어 하는 인식자의 구원. 비극적 인식자의 구원.

예술은 행위자의 구원이다 ― 삶의 끔찍스럽고도 의문스러운 성격을 주시할 뿐만 아니라 실제로 살아 내며, 그렇게 살기를 바라는 행위자의 구원. 비극적 인간의, 비극적 행위자의 구원.

예술은 고통받는 자의 구원이다 ― 고통을 바라고 미화하며 신성한 상태에, 고통이 거대한 열광의 상태에 도달하는 길로서(……)

인류의 정신사에서 예술이 하는 일을 위와 같이 말한 건 처음인데, 음악이나 시를 비롯한 예술의 가치를 매우 가열된 어조로 말하고 있는 바, 내 생각에는 조금 미지근한 불교 용어인 일미행에 다름 아닌 것 같다. 세상살이의 맛을 한결같게 하는!

나는 또 미당의 노래에서 새로 태어난 사물의 목록, 그 탄생의 미묘한 파동의 목록을 아직 다 작성하지 않았다고 했는데, 미당시뿐만 아니라 시의 공간은 사물이 새로 태어나는 공간이다. 시인의 느낌과 생각 그리고 상상의 새로운 움직임 속에, 그러니까 그러한 움직임 속의 교감과 변용을 통해 사물은 새롭게 탄생한다.

다 잘 아는 예를 들자면 「국화 옆에서」에서 자연 현상들은 시인의 시심에 포착되고 녹아들어 시적 공명을 얻음으로써 우주적 아름다움 속에 있게 된다. 물론 작품의 운율의 절대적인 뒷받침 속에서.

어조를 비롯하여 시에서 음악적 요소의 중요성은 새삼 강조할 필요도 없겠으나, 미당시에서 어조는 시의 효과를 부추기는 아주 중요한 요소라고 하겠다.

예를 들자면 한이 없겠으나 가령 「아지랑이」 같은 작품에서는 '아지랑이'의 내포와 외연의 확장을 본다. 즉 아지랑이는 단순히 기상 현상이 아니라 정신 현상, 감정 현상을 매개하는 물질이다.

이제 내가 늘 '내 십팔번'이라고 말하고 불러온 「푸르른 날」을 들어 볼 차례인데, 송창식이 곡을 잘 붙이고 노래도 잘해서 우리의 애창곡이 된 작품이다.

이 작품이 왜 절창인지에 대해 한마디 해야겠다. 우리가 모두 '푸르른 날' 느끼는 감정과 욕망을, 그리움의 밀도를 "내가 죽고서 네가 산다면?/ 네가 죽고서 내가 산다면!"이라고, 그 이상 더 잘 쓸 수 없게 노래해서 사람을 까무러치게 한다. 물론 노래의 가락은 말할 것도 없고.

정
현
종

1965년 『현대문학』으로 등단. 시집 『사물의 꿈』 『나는 별아저씨』 『떨어져도 튀는 공처럼』 『사랑할 시간이 많지 않다』 『한 꽃송이』 『세상의 나무들』 『갈증이며 샘물인』 『견딜 수 없네』 『광휘의 속삭임』 『그림자에 불타다』 『어디선가 눈물은 발원하여』 등과 시선집 『고통의 축제』 『사람들 사이에 섬이 있다』 『이슬』 등을 펴냈다.

꽃아. 아침마다 개벽하는 꽃아.

김기택
이은규
김사인
이영광
고명재
문정희
안희연
이제하

국화 옆에서

한 송이의 국화꽃을 피우기 위해
봄부터 솥작새는
그렇게 울었나 보다

한 송이의 국화꽃을 피우기 위해
천둥은 먹구름 속에서
또 그렇게 울었나 보다

그립고 아쉬움에 가슴 조이든
머언 먼 젊음의 뒤안길에서
인제는 돌아와 거울 앞에 선
내 누님같이 생긴 꽃이여

노오란 네 꽃잎이 필라고
간밤엔 무서리가 저리 내리고
내게는 잠도 오지 않았나 보다

생명 에너지의 역동적인 운동

김기택

「국화 옆에서」는 고등학교 국어 교과서에서 처음 읽었다. 시를 쓰겠다는 생각도 없었고 시에 대한 관심도 그다지 크지 않을 때였다. 읽고 잊어버렸는데 이 시가 자주 떠올라 내 안에서 저절로 시 읽기가 계속되었다. 서로 관계없어 보이는 국화와 소쩍새가, 그리고 국화와 천둥이, 하나로 연결될 수 있다는 것은 그때까지 한 번도 생각해 본 적이 없었다. 시는 잘 몰랐지만, 작은 꽃 한 송이가 새 울음과 천둥소리를 따라 퍼져 나가면서 점점 커지는 것을 상상하는 일은 즐거웠다. 그런 상상을 하니 거리에서 흔히 보는 풀과 하찮은 벌레도 다르게 보였다. 꽃을 둘러싸고 움직이는 거대한 힘, 보이지 않으면서도 보일 것 같은 이 힘의 정체는 무엇이고 또 어디에서 온 것일까. 이런 생각을 하는 사이에 나도 모르게 시에 끌려 들어가게 되고, 그래서 시에 관심을 갖게 되었는지 모른다.

이 시의 국화꽃은 활짝 피어 있는 꽃이 아니라 아직 피지 않은 꽃이다. 그 꽃은 봉오리 안에서 눈도 귀도 열지 못한 채 꽃의 모양을 갖추어 가는 중일 수도 있고 알을 깨고 나오려고 껍질을 두드리는 중일 수도 있다. 아직 꽃이 되지 못한 이 꽃은 생성이고 변화이며 움직임이다. 이 시는 꽃을 피우려고 움직이는 과정, 그 에너지의 운동에 초점이 맞춰져 있다. 줄기에서 올라온 봉오리 안의 태동은 봄부터 우는 소쩍새와 대기 속에서 우는 천둥의 시공간을 갖고 있다. 그 태동이 꽃이 되는 일에는 땅의 기운과 하늘의 기운이 참여하고 있다. 꽃이 물질일 뿐만 아니라 생명을 유지하는 데 참여하는 땅과 하늘의 모든 힘이기도 하다면, 그것은 얼마나 커다란 존재인가.

우리에게 감동을 주는 시의 이미지에는 존재를 생성시키고 변화시키는 힘이 있다. 그 이미지가 가진 힘은 심층에 있는 순수한 욕망과 의지에서 나온다. 그 이미지의 운동은 우리 내면에서 잠자는 생명 에너지를 깨우고 활동시켜서 정신적인 힘을 고양시킨다. 이미지는 사물의 외양을 갖고 있지만, 우리의 정신적인 힘에 따라 운동한다. 뿌리가 땅에 붙박여 있는 국화는 동물처럼 자유롭게 움직이거나 이동할 수 없어서 한 자리에서 평생을 살아야 한다. 그러나 「국화 옆에서」는 그 생명체의 움직임

이 출생과 죽음의 연쇄로 이어진 기나긴 시간, 그리고 햇빛, 구름, 바람으로 이어진 광활한 공간과 연결된 지구적인 운동, 우주적인 운동임을 보여 준다. 대기권의 크기로 확장되었다가 점 하나로 응축하는 그 운동의 신축성과 역동성은 몸에 구속된 것 같은 생명이 얼마나 크고 활발한 힘을 갖고 있는지 보여 준다.

아직 피지 않은 꽃의 움직임은 곧 폭발할 것 같은 긴장감을 지닌 채 언제 터질지 모르는 시적 순간으로 독자를 몰아간다. 이것은 봉오리 내부의 작은 생명체가 외부의 광활한 세계로 확장되는 순간이고, 여러 생명체와 무기물 사이에 연결된 보이지 않는 생명의 그물망이 생성되는 순간이다. 제 몸 안에서 들 끓는 이 생명의 사건을 두고, 누님은 거울 앞에 서기 전까지 "머언 먼 젊음의 뒤안길"을 돌아야 했을 것이고, 시적 화자는 밤에 잠을 이루지 못하고 뒤척였을 것이다.

김화영의 연구에 따르면, 첫 시집 『화사집』에서 다섯 번째 시집 『동천』에 이르는 미당의 시적 여정은 원초적이고 본능적인 '피'를 이슬처럼 맑히는 과정이다. 그것은 뱀에서 새로, 땅에서 하늘로, 육체에서 무無로 변화하면서 나아가는 과정이다. 「화사」는 원초적인 생명력인 동시에 원죄와 저주이기도 한 피의 이중성을 "꽃다님보단도 아름다운 빛"과 "징그러운 몸뚱아리"로 드러내고 있으며, 「동천」은 눈썹에 섞여 있는 피의 동물성이 "즈믄 밤의 꿈으로 맑게 씻"기어 하늘과 영원으로 비상하는 운동을 보여 준다. 세 번째 시집 『서정주시선』에 실린 「국화 옆에서」는 「화사」와 「동천」의 중간에 위치한다. 국화는 땅에 붙박인 채 육체와 피의 지배를 받지만, 줄기와 잎과 꽃은 하늘을 향해 있다. 그 몸에 흐르는 피는 뜨겁고 붉은 동물성이 정화되어 이슬에 가까운 차고 투명한 수액이다. 하늘을 나는 소쩍새와 같이, 그리고 대기의 무기물이면서도 동물적인 성질을 가진 천둥과 같이, 국화는 땅과 하늘 사이의 중간적인 존재이다. 국화는 작은 몸이지만, 땅에서 하늘로 이어진 거대한 생명의 질서이기도 하고, 날 생명과 하늘이 서로의 몸으로 스며들고 섞이면서 하나가 되는 생명의 현장이기도 하다.

　　미당의 시에서 무無는, 그의 산문에 따르면, '아무것도 없이 기막히게 있는' 것이다. 텅 빈 곳이나 없음이 아니라 '하늘로서의 살'이고 '천체로서의 살'이다. 거기에는 '하늘과 영원을 외육外肉으로 하는 미묘하디미묘한 내육內肉'이 있다. 그것은 형상은 없지만 작용은 있다. 「국화 옆에서」뿐만 아니라, 미당의 여러 시에는 이처럼 보이지 않으면서도 보일 것 같고, 없으면서도 묘하게 있는 것의 활발한 운동과 변형이 있다. 「추천사」에는 하늘로 멀리 올라가려 하지만 필연적으로 내려와야 하는 그네의 운동이 있다. 바람이 미는 파도처럼 끝없이 반복하는 그 헛된 운동은 사랑의 욕망과 무욕 사이, 고독한 이상과 정든 현실 사이에서 오르내리는 몸짓이다. 「외할머니네 마당에 올라온 해일」

에는 바다에 나가서 죽은 스물한 살 신랑이 할머니가 된 열아홉 살 신부를 만나려고 찾아오는 해일이 있다. 이 해일은 스물한 살에서 예순 살과 천 살을 넘나들고 삶과 죽음 사이 그리고 광활한 바다와 작은 마당 사이를 넘나드는 생명 에너지의 운동이다. 「동천」에는 "내 마음속 우리 님의 고은 눈섭"에서 변화되어 "동지섣달 날으는 매서운 새"가 있다. 이 변화의 과정에는 지상의 피와 몸이 하늘이 되도록 씻는 마음이 있고, 욕망과 감정이 무가 되는 기나긴 시간이 있다. 시적 이미지가 만드는 이 역동적인 운동과 변화는 시적 자아의 내면에서 일어나는 정신적 사건이기도 하다.

김기택 1989년 한국일보 신춘문예로 등단. 시집 『태아의 잠』 『바늘구멍 속의 폭풍』 『사무원』 『소』 『껌』 『갈라진다 갈라진다』 『울음소리만 놔두고 개는 어디로 갔나』 『낫이라는 칼』 등을 펴냈다.

나의 시

어느 해 봄이던가, 머언 옛날입니다.

나는 어느 친척의 부인을 모시고 성城 안 동백꽃나무 그늘에 와 있었습니다.

부인은 그 호화로운 꽃들을 피운 하늘의 부분이 어딘가를 아시기나 하는 듯이 앉아 계시고, 나는 풀밭 위에 흥근한 낙화가 안 씨리워 줏어 모아서는 부인의 펼쳐든 치마폭에 갖다 놓았습니다.

쉬임 없이 그 짓을 되풀이하였습니다.

그 뒤 나는 연년年年히 서정시를 썼습니다만 그것은 모두가 그때 그 꽃들을 줏어다가 디리던—그 마음과 별로 다름이 없었습니다.

그러나 인제 웬일인지 나는 이것을 받어 줄 이가 땅 위엔 아무도 없음을 봅니다.

내가 줏어 모은 꽃들은 제절로 내 손에서 땅 위에 떨어져 구을르고

또 그런 마음으로밖에는 나는 내 시를 쓸 수가 없습니다.

좋은 귀신들의 힘

이은규

시인마다 다양한 시론이 있겠지만, '시로 쓰는 시론'을 좋아하는 편입니다. 제 나름대로 생각하기에 서정주 시인의 「나의 시」라는 작품이 그러한데요. 시인이자 이론가로서 자신을 정립하려는 의도가 있거나, 시만큼 아름다운 시론을 남기고자 하는 욕망이 있다면 어쩔 수 없지만요. '나의 시' 제목 역시 담백합니다. 일종의 메타시 형식인 이 시는 비교적 널리 알려져 있지 않은 작품입니다. 그러니 더 매혹적이지요. 시는 어느 해 봄을 회상하는 것으로부터 출발합니다. 가깝지만은 않은 세월의 이야기인 것이지요. 이야기 중에서도 머언 옛날이야기입니다. 아득한 근원으로 거슬러 올라가는 시간 여행은 이렇게 시작됩니다.

시적 주체는 어느 친척의 부인을 모시고 성 안의 동백 꽃나무 그늘에 와 있습니다. 우리는 이 여성의 실체는 알 수 없습니다. 나아가 비실체적인 정체성이야말로 매우 중요한 지점을 내포하고 있습니다. 살아 있는 사람이라기보다는 영혼에 가깝다고 해야 할까요. 나아가 두 인물이 어떤 연유로 동백 꽃나무 그늘에 와 있는지에 대해서는 함구되어 있지요. 사실 꽃나무 그늘에 앉아 있는 데 특별한 연유가 필요할까요. 연유가 없기에, 이 장면으로부터 시가 출발하고 있는지도 모르겠습니다.

시적 주체가 보기에 부인은 색이나 형태면에서 화려하기 그지없는 동백꽃들이 과연 어디에서 왔는지, 그러니까 꽃들이 온 곳이 하늘의 부분 어딘가라는 것을 알고 있는 것처럼 보입니다. 그렇게 초연히 앉아 있는 것이지요. 자연의 모든 이치를 알고 있는 듯한, 초연한 부인 앞에서 그는 풀밭 위 흥근한 낙화가 안쓰럽기만 합니다. 붉고 따뜻한 잎들을 정성스럽게 모아 부인의 치마폭에 가지런히 놓습니다. 눈부신 순간을 잡아 놓을 수 없듯이, 아름다운 꽃 역시 때가 되면 떨어질 수밖에 없겠지요. 자연에게 만개와 낙화는 수순일 뿐일 테니까요. 낙화가 안쓰러운 건 인간의 영역이고요. 상황이 이러할 때, 인간이 할 수 있는 일은 단 한 가지입니다. 떨어진 꽃을 주워 모아 소중한 사람의 치마폭에 갖다 두는 것 외에 다른 도리는 없는 것이지요. 무한한 반복은 이렇게 이어집니다. 해가 뜨고 해가 기울고, 꽃이 피고 꽃이 떨어지고, 시가 떠오르고 시를 쓰고.

　다행스럽게도 매년 잊지 않고 꽃이 인간을 찾아 주듯이, 시적 주체는 매년 서정시를 써왔다고 고백합니다. 그가 이렇게 서정시를 쓸 수 있었던 근원에는 바로 위의 장면이 자리하는 것이지요. 부인에게 떨어진 꽃을 드리던 그 마음과 별로 다를 바가 없다는 것입니다. 그 풍경만으로 시이지만, 서정시는 과거-현재-미래를 담아내는 한 폭의 움직이는 그림이 되기 때문에 매년 시를 쓴 것일 텐데요. 꽃을 갈무리하는 마음 없이는 시를 쓸 수가 없습니다. 만개한 꽃을 감상하는 일은 누구나 할 수 있는 일이지만, 떨어진 꽃을 헤아리는 마음은 드물지 않을까요. 꽃잎 하나에 문장 하나 그렇게 지면 위에서 꽃 피는 것이겠지요.

　그런데 안타깝게도 고요한 탄식이 이어집니다. 영원한 것은 없다고 말입니다. 이 마음을, 꽃을, 시를 받아 줄 존재가 땅 위에 없기 때문입니다. 부인은 어디로 사라진 것일까요. 꽃들을 피운 하늘의 부분 어딘가로 돌아간 것일까요. 부인의 펼쳐든 치마폭은 사라졌습니다. 그러니까 꽃을 바칠 존재가 사라졌습니다. 그러니 이제 시적 주체가 주워 모은 꽃들은 자신의 손 위에서 땅 위에 떨어져 구릅니다. 그런 마음으로밖에는 시를 쓸 수 없어도 그럼에도 불구하고 시를 씁니다. 그렇게 태어난 시를 누군가는 반드시 읽고 듣습니다. 세상에는 안 보이는 지음知音들이 있기 때문이지요. 한편 시인의 산문 중 산사 기행「선운사」

(『여원』, 1964.5) 편에는 다음과 같은 내용이 나옵니다.

선운사를 하직하고 5리를 다시 걸어 내려가 버스가 다니는 한길 가에 왔을 때 나는 그 엉터리 대답을 불가불 마음속으로 지워 버리고 다음과 같이 역시 고쳐야만 하였다.

'아! 거기는 좋은 귀신이 많이 깨어 살고 있어라우.'

왜냐하면 이날(1964년 3월 7일) 오후 1시쯤 내가 서 있던 여기는, 22년인가 23년 전 스물여섯 살인가 일곱 살 때, 이슬비 오는 어떤 가을 오후를 지나가다가 한 채의 주막집을 발견하고 들어가 한나절 술을 마시던 곳임이 분명한데, 이날 여기를 찾아보니 그 집은 날아간 듯 어디로 없어지고 그 자리엔 실파만 자욱이 나 있고 누가 "그 집 주모는 벌써 죽었어라우" 한마디한 때문이었다.

사실은 스물몇 해 전 이 자리엔 육자배기를 내게 잘 불러 준 훤칠하니 생긴 사십대의 주모가 살고 있었기에, 나는 이 고을 학생들의 토주土酒 잔치에 불리어 올 때 은근히 그와 다시 만날 것을 기대했던 것인데, 같이 갔던 고려대 학생 조 군이 나를 대신해 나서서 물으니, "여자가 사나워서 6·25 사변 때 빨치산들한테 찔려 죽고, 집도 탔어라우" 한마디한 때문이었다.

그래 나는 매운 실파만 남은 빈터 위에 육체 없이 있는 것이 이 근처의 어느 육체 가진 것보다도 대견했기 때문에 그것을 예부터 내려오는 말로 '귀신'이라 하고, 마음속으로 '아!' 소리를 쳤고, 또 높디

높은 도솔암에서 지대가 낮은 큰 절보다도 핏빛 동백꽃을 훨씬 더 일찍 피우는 것도 좋은 귀신의 힘들임을 겨우 다시 알아차릴 수 있었다.

이 산문에서 가장 인상 깊은 대목은 주막집도, 잘생긴 주모도, 전쟁도, 선운사의 높디높은 도솔암도, 지대가 낮은 큰 절도 아닙니다. 물론 그 모든 것들은 한 송이 꽃을 피우기 위한 거대한 배경으로 자리합니다. 그러나 그보다 우위에 있는 건 핏빛 동백꽃을 훨씬 더 일찍 피우는 요인에 대한 시인의 통찰입니다. 바로 '좋은 귀신의 힘들'인 것이지요. 이 좋은 귀신은 앞선 시에 등장하는 부인을 떠올리게 합니다. 떨어진 꽃을 치마폭에 담을 수 있는 마음을 가진 자인 것이지요. 궁극적으로 좋은 귀신의 힘은 핏빛 동백꽃의 빛과 색으로 우리 앞에 피어납니다. 그 현상으로밖에는 설명할 수 없는 힘의 실체입니다. 우리 시대가 상실한 것 중 하나가 좋은 귀신들의 힘이라는 생각이 듭니다.

다시 '시로 쓰는 시론'에 관한 이야기로 돌아와 마무리하겠습니다. 새삼스럽게 서정시에서 리듬과 문장이 서로 어울려 발생한다는 사실을 떠올려 봅니다. 시의 내용과 형식을 나눌 수 없고 각 문장들은 독립된 것이 아니라, 하나의 거대한 물결을 이룬다는 내용도 말이지요. 꽃을 갈무리하는 마음과 그 마음을 포용할 수 있는 또 다른 마음과 그 모든 것을 아우르는 "좋은 귀신의 힘"으로 날마다 새로운 시가 태어나는 것은 아닐까요. 그 마음을 다시 한 번 일깨워 주는 서정주 시인의 「나의 시」에 관한 짧은 감상을 남깁니다.

이
은
규

2008년 동아일보 신춘문예로 등단. 시집 『다정한 호칭』 『오래 속삭여도 좋을 이야기』 『무해한 복숭아』를 펴냈다.

기도 1

    저는 시방 꼭 텅 비인 항아리 같기도 하고, 또 텅 비인 들녘 같기도 하옵니다. 하눌이여 한동안 더 모진 광풍을 제 안에 두시던지, 날으는 몇 마리의 나비를 두시던지, 반쯤 물이 담긴 도가니와 같이 하시던지 마음대로 하소서. 시방 제 속은 꼭 많은 꽃과 향기들이 담겼다가 비여진 항아리와 같습니다.

마음의 극한에서 깊어진 노래

김사인

황야를 헤매던 봉두난발의 리어왕이 잠깐 제정신이 돌아왔을 때쯤 입 속으로 중얼거렸을 법한 시. '기도'란 삶의 어느 막다른 자리에서 인간이 취하는 마음의 몸짓. 일말의 간절함이 있고야 성립한다.

'텅 비인'이 아니라 '텡 비인'이라 애써 적고 있다. '텅'과 '텡'의 차이가 작지 않다. '텅'이 비어 있음의 표준화된 단순 의태어라면 '텡'에는 빈 공간을 돌아 울리고 나오는 바람 소리의 허전한 여운이 있다. '텡'에는 텅 빔 앞에 선 사람이 느끼는 허탈이, 그 심정의 기척까지가 묻어 있다. 추가된 'ㅣ'가 '텅'으로 표준화하면서 화석화된 'ㅇ' 소리의 그 의성적 울림을 다시 살려내고 있기 때문이다. 그래서 '텡 비인'에서는 저 빈 항아리, 빈 들녘을 돌아나가는 바람 소리가 들리는 듯하다. 단순 의태어로 굳어진 '텅'을 의성 차원을 동반하는 복합 의태어로 되살리고 있는 것이다.

한데 스스로를 '텡 비인 항아리', '텡 비인 들녘' 같다고 느끼는 시 속의 처지나 상태는 어떤 것일까.

이 시는 1956년 11월 간행된 『서정주시선』에, 그것도 미당의 절창으로 꼽히는 「상리과원」 바로 앞자리에 수록된 작품이다. 이 『서정주시선』은 『화사집』(1941), 『귀촉도』(1948)의 청년기를 지나, 마침내 심각한 환청과 정신적 이상 증세, 자살 시도를 포함하는, 6·25라는 미증유의 참혹과 절망을 통과한 다음에 이루어진 시집. 그 혹독한 광풍의 시간을 거쳐 나온 「무등을 보며」, 「학」 등의 명편들이 모두 이 시집에 수록되어 있다(연구자나 독자들의 좀 더 각별한 관심이 이 시집에 베풀어지기를!). 그리고 이 시기의 시편들에서는 초기의 자해적 치기나 허세, 후기시의 능청들이 깨끗이 걷혀 있다. 죽음 부근을 통과한 자만이 지닐 법한 진실성과 진지함으로 맑고 서늘해져 있는 것이다. 어떤 의미에서 미당의 삶과 시가 가장 한몸을 이루었던 시기. 그리고 이 시 「기도 1」은 「기도 2」와 함께 이 시집에 나란히 실려 있다. 이는 저 '텡 비임'이 어떤 질감의 것인지 짐작게 한다.

운명에 떠밀려 난파한 화자가 마침내 이상과 집착들을 모두 앗긴 채, 하눌이여 마음대로 합소서. 이제 제겐 아무것도 없

나이다. 저는 아무것도 아니나이다. 맘대로 합소서. 그 투명해진 탄식이 손에 잡힐 듯하다.

"더 모진 광풍을 제 안에 두시던지"란 말로 미루어 그간의 광풍이 이미 모진 것이었음을 짐작할 만하다. 이 광풍은 시 안에서는 그에게 덮쳐 온 질환으로서의 어떤 광증으로 우선 읽히지만 그것은 필경 시대의 미친 바람에 맞물린 것. 그 앞에 "한동안"이라 덧붙여 광풍의 혹독을 다소 시적으로 지체 완곡시키고 있는데, 이것이야말로 또한 미당의 언제나 탄복스러운 타고난 마음 기술이다.

모진 광풍도 굳이 사양치 않겠습니다만, 저를 나비 몇 마리 조촐히 나르는 들녘 풍광쯤으로 두심은 어떨지요. 반쯤 물이 찬 도가니쯤으로 그냥 두시면 어떨지요. 꿈이었나요 생시였나요. 비루한 육신의 안쪽 한 곁에 남아 감도는 이 아득한 향기 한 자락이라니요. 오오 좋은 날들이 내게도 한 번은 있기는 했던가요.

이 시의 내면이 이육사(1904~1944)의 시 「절정」의 저 운명의 순결한 수락과 그 경지와 구조에서 다르지 않다고 느낀다(우국지사와 '친일시인'의 내면을 같이 놓느냐고? 그렇게 물어서는 삶의 참, 문학의 참에 닿을 수 없다). 마음의 소슬함, 마음 길을 터 가는 말의 행보에 군더더기나 너스레 없음이 우선 그러하다. 육사가 유가적 절의를 이은 열혈의 의열단원이었다면, 미당은 토착 풍류 전승의 계승자를 자임했던 현대의 화랑. 육사가 '절정'의 벼랑 끝 백척간두에 스스로를 몰아세우고 그 운명을 침착하게 수락한 다면, 미당은 전망 부재의 암담과 공포 앞에서, 초토가 된 정신의 벼랑 끝에서 모든 것을 내려놓고 있는 것. 두 시가 안과 밖, 양각과 음각처럼 서로 겹치고 닮아 있다고 느낀다.

분명한 점은, 두 시 모두 마음의 어느 극한에서가 아니고는 부를 수 없는 노래라는 것. 머리와 손재간으로 흉내낼 수 없는 노래라는 것.

이쯤에서 한마디를 덧붙여 두자. 은행나무 판『미당 서정주 전집』에서도 미당의 왜정 말기의 시와 산문, 손가락질을 받기도 했던 80년대의 일부 시편이 빠진 것은 참으로 안타깝다. 많지 않은 분량인 만큼 증보하는 기회가 조만간 있기를 바라마지 않는다.

그 글들까지가, 문제적이라 논란되는 글들까지 포함해서가 미당일 것이다. 좋은 시는 좋은 시대로, 불편한 시는 불편한 시대로 이제 독자와 역사에 맡길 일이 아닐까. '모진 광풍을 두시던지 몇 마리 나비를 두시던지 마음대로 하소서' "하눌"에 "기도"했던 미당의 마음자리를 되새길 때 더욱 그러하다.

기구한 한반도 근현대사 속에서 얼마나 많은 인물들이 엎어지고 자빠지고 다시 일어서며 부침해 갔던가. 단언컨대 누구도 예외이지 못했다. 누군가를 쉬 손가락질하는 것으로 그 상처의 무게와 심각성을 대신하고자 한다면, 그것이야말로 자칫 문학을 흑백으로 재단하는 자가당착의 올가미에 걸려드는 게 될 수 있을 터이다.

이 땅의 근현대사 속에서 누군가의 떳떳함이 우리 모두의 자랑이라면, 누군가의 부끄러움과 상처 또한 먼저 '우리 모두'의 것이어야 한다. 이 용광로를 일단 거쳐야 한다. 그런 앓음을 지불하지 않고 저 백년의 족쇄에서 우리가 어떻게 놓여나겠는가.

김사인 1981년 『시와 경제』로 등단. 1982년 무크 『한국문학의 현단계』로 평론 시작. 시집 『밤에 쓰는 편지』 『가만히 좋아하는』 『어린 당나귀 곁에서』 등을 펴냈다.

상리과원 上里果園

꽃밭은 그 향기만으로 볼진대 한강수나 낙동강 상류와도 같은 륭륭隆隆한 흐름이다. 그러나 그 낱낱의 얼굴들로 볼진대 우리 조카딸년들이나 그 조카딸년들의 친구들의 웃음판과도 같은 굉장히 질거운 웃음판이다.

세상에 이렇게도 타고난 기쁨을 찬란히 터트리는 몸뚱아리들이 또 어디 있는가. 더구나 서양에서 건네온 배나무의 어떤 것들은 머리나 가슴패기뿐만이 아니라 배와 허리와 다리 발꿈치에까지도 이뿐 꽃숭어리들을 달았다. 맵새, 참새, 때까치, 꾀꼬리, 꾀꼬리 새끼들이 조석으로 이 많은 기쁨을 대신 읊조리고, 수십만 마리의 꿀벌들이 윙종일 북 치고 소구 치고 마짓굿 올리는 소리를 허고, 그래도 모자라는 놈은 더러 그 속에 묻혀 자기도 하는 것은 참으로 당연한 일이다.

우리가 이것들을 사랑할려면 어떻게 했으면 좋겠는가. 묻혀서 누어 있는 못물과 같이 저 아래 저것들을 비춰고 누어서, 때로 가냘푸게도 떨어져 내리는 저 어린것들의 꽃잎사귀들을 우리 몸 우에 받어라도 볼 것인가. 아니면 머언 산들과 나란히 마조 서서, 이것들의 아침의 유두분면油頭粉面과, 한낮의 춤과, 황혼의 어둠 속에 이것들이 잦아들어 돌아오는—아스라한 침잠이나 지킬 것인가.

하여간 이 한나도 서러울 것이 없는 것들 옆에서, 또 이것들을 서러워하는 미물 하나도 없는 곳에서, 우리는 서뿔리 우리 어린것들에게 서름 같은 걸 가르치지 말 일이다. 저것들을 축복하는 때까치의 어느 것, 비비새의 어느 것, 벌 나비의 어느 것, 또는 저것들의 꽃봉오리와 꽃숭어리의 어느 것에 대체 우리가 항용 나즉히 서로 주고받는 슬픔이란 것이 깃들이어 있단 말인가.

이것들의 초밤에의 완전 귀소가 끝난 뒤, 어둠이 우리와 우리 어린것들과 산과 냇물을 까마득히 덮을 때가 되거던, 우리는 차라리 우리 어린것들에게 제일 가까운 곳의 별을 가르쳐 뵈일 일이요, 제일 오래인 종소리를 들릴 일이다.

꽃밭의 별과 종소리

이영광

『서정주시선』(1956)의 단계에서 서정주는 죽음의 혼돈에서 벗어나 삶의 세계로 귀환했다고 한다. 시 의식의 이러한 변모는 이 시집에서 뚜렷이 윤곽을 드러내고 있지만 사실 초기 시편들에서부터 지속되어 온 것이다. 서정주의 시가 절망, 혼돈, 일탈, 죽음으로 채색된 가운데도 생명, 부활에의 모색을 버리지 않았다는 점에서 그러하다. 이러한 의지적 면모는 『화사집』(1941)의 「수대동 시」, 「부활」, 『귀촉도』(1948)의 「만주에서」, 「무슨 꽃으로 문지르는 가슴이기에 나는 이리도 살고 싶은가」 등을 거쳐, 『서정주시선』의 「무등을 보며」, 「내리는 눈발 속에서는」, 「상리과원」 등의 시편들에서 일관되게 그 윤곽을 드러낸다. '고뇌 – 죽음 – 부활'의 주제적 맥락과 세계 인식의 성숙 과

정을 고려하여 『화사집』에서 『서정주시선』까지의 시기를 서정
주의 초기 시로 볼 수 있을 것이다.

『서정주시선』의 생 의지를 집약하고 이후 시 의식의 지향
을 선명히 보여 주는 작품이 「상리과원」이다. 이 시는 삶을 긍
정하려는 태도에서 한 걸음 더 나아가 지극한 인생 예찬을 표방
하고 있어 눈길을 끈다.

한국전쟁기, 전주 인근 상리上里라는 곳의 과수원에 가 머
문 체험을 적은 이 시에서 초기 시를 지배했던 절망과 어둠은
"슬픔"이란 순화된 표현으로 바뀌어 있다. 화자는 "슬픔이 없다"
고 말한다. 첫 문단은 거시적 조망과 미시적 관찰을 병행하여
꽃밭의 "향기"와 세부 외양을 묘사한다. 그리고 그것이 잔치와
도 같은 광경임을 드러낸다. 자연의 흐드러진 기쁨의 향연이 화
자를 감탄시킨다.

자연의 무구한 영위를 생명의 축제로 바라볼 만큼 화자의
시선은 지극히 밝고 흔쾌하다. 두 번째 문단은 꽃들의 찬란한
아름다움과 이와 어우러진 새들과 "꿀벌들"의 노래를 아울러 축
제의 음악으로 고양시킨다. 이곳에는 비통한 사연이 없다. 한껏
생명을 구가하는 꽃 자체의 피어남이 있고, 꽃과 새, 꽃과 벌은
본능의 생리를 따라 서로 어울리고 탐닉한다. 이것은 온종일을
쉬지 않는 굿판이다. 새들의 '읊조림'과 꿀벌들의 풍악이 "마짓
굿 올리는"에서 드러나듯 마치 혼령이나 신의 강림을 축원하는

기쁨과 흥분의 황홀경을 연출한다. 여기에 동화된 화자에게 생명의 환희는 "참으로 당연한" 것이다. 이 생명 예찬에는 이제 슬픔이 끼어들 자리가 없는 것 같다. 설움으로 가득 차 있어, 희망의 틈입을 한 치도 허용치 않던 「서름의 강물」과 같은 시의 우울한 정서와 견주면, 이 시에 드러난 세계 인식은 환골탈태에 가깝다. 이 시에 이르러 서정주의 초기 시를 지배해 온 혼란과 어둠은 자취를 감추었고 종소리, 새소리 등의 격렬한 환청들은 축제의 음악으로 바뀌었다고 볼 수 있다. 서정주는 이 무렵에 일탈과 죽음의 충동을 아우르고 삶의 이편으로 귀소한다.

그렇기에 이들을 "사랑"한다는 것은, 다시 말해 자연과 하나가 되어 산다는 것은 "서름"을 통해서는 바람직하지도 가능하지도 않다. 어린 꽃잎들을 몸으로 받아 보려는 연민으로도, 꽃밭의 바깥에서 관망이나 하는 "침잠"으로도 사랑에는 이르지 못한다. 그렇기에 네 번째 단락은 "어린것들에게 서름 같은 걸 가르치지 말"라고 강조한다.

마지막 문단은 기쁨을 삶의 원리로 삼을 방도를 제시한다. 그것은 삶의 어둠에 대하여 "제일 가까운 곳의 별"을 가리켜 보이고 "제일 오래인 종소리"를 들려주는 일이다. 별과 종소리의 함의는 이 시의 테두리 안에서는 거의 포착되지 않는다. 별의 공간적 좌표와 종소리에 담긴 시간의 기원은 한편으로는 초기 시의 정신적 혼란에, 그리고 무엇보다도 이후의 시집 『신라초』

(1961)의 전통 의식에 깊이 연결되어 있기 때문이다.

우선, 별은 「사소의 두 번째 편지 단편斷片」에 보이듯 정신 수련을 통해 얻게 되는 무교巫敎적 깨달음이자 긍휼과 포용의 치세 원리이다. 화자는 그 별이 가장 가까이 내려왔을 때를 특별히 주목하여 삶의 규범으로 제시한다. 그것의 대표적 사례가 『신라초』의 「한국성사략韓國星史略」에 제시되어 있다.

천오백 년 내지 일천 년 전에는
금강산에 오르는 젊은이들을 위해
별은, 그 발밑에 내려와서 길을 쓸고 있었다.

— 「한국성사략」 부분

가장 가까운 곳의 별은 "발밑에 내려와서 길을 쓸고 있"는 별이다. 이것은 인간의 삶의 현장에 내려와 있는 천상의 원리이다. 고난과 슬픔이 없지 않을 인간의 삶은 이 초자연적 원리가 비추는 질서에 의해 안정을 찾고 온전한 운행을 유지할 수 있다고 이 시는 말하는 것 같다. 별은 이렇게, 외래 종교 유입 이전의 원시 신앙이 품은 고대적 지혜의 상징이다.

가장 오래된 종소리 역시 무교巫敎의 지혜가 주입된 상징이다. 이것은 예컨대 아래의 초기 시들에 다채롭게 출현하는 분열음들,

미친 하눌에서는
미친 오픠이리아의 노랫소리 들리고
—「도화도화」 부분

파촉巴蜀의 울음소리가 그래도 들리거든
부끄러운 귀를 깎어 버리마.
—「엽서」 부분

감지 못하는 눈은 하눌로, 부흥…… 부흥…… 부흥아 너는
오래 전부터 내 머릿속 암야暗夜에 둥그란 집을 짓고 살었다.
—「부흥이」 부분

멀리 서 있는 바닷물에선
난타하여 떨어지는 나의 종소리.
—「행진곡」 부분

서러운 서러운 옛날말로 울음 우는 한 마리의 버꾹이새.
(……)
한 개의 종소리같이 전선電線같이 끊임없이 부르는 것.
—「밤이 깊으면」 부분

이 환청 증세가 어지간히 가라앉은 자리에 새로 울려 퍼지는 소리다. 『신라초』의 시편들을 통해 서정주 개인의 무속적 체질이 정신적 성숙을 이루어 고대 무교의 세계로 상승해 간 행로를 확인해 볼 수 있다.

> 종이야 될 테지, 되려면 될 테지
> 깨지면 깨진 대로 얼얼히 울어
>
> (……)
>
> 일천 년 자네 집 문지방에 울더라도
> 종이야 될 테지, 되려면 될 테지
>
> —「무제」 부분

> 간대도, 간대도,
> 서방西方 금색계金色界라든가 뭣이라든가
> 그런 데로밖엔 쏠릴 길조차 없으니.
>
> 가슴아. 가슴아.
> 너같이 말라 말라 광맥 앙상한
> 메마른 각시를 오늘 아침엔 데리고

지, 징, 지, 따, 찡

무슨 금은의 소리라도 해 보려무나.

—「두 향나무 사이」 부분

　　제일 오래된 종소리는 「무제」에서 천 년의 시공을 넘어서
려는 의지로 표현되어 있다. 사람이 천 년 동안 울 수는 없으므
로 끝 연 첫 행은 의지의 과장이기 전에 이미 "자네 집"의 역사
가 투영된 비유가 된다. 이를 천 년 세월을 상거한 신라의 세계
로 보아도 무방할 것이다.

　　또, 종소리가 더 깊은 내면의 소리가 된 것이 바로 "금은
의 소리"다. 여기에는 분열증을 종교적 깨달음으로 변환시키려
는 수행의 노력이 스미어 있다. 「사소의 편지 1」, 「한국성사략」
의 화자가 하는 일이 이것이다. "금은의 소리"는 무속의 견지에
서 보자면 접신 상태의 망아지경忘我之境에서 체험하는 빛과 소
리를 동시에 표상한다. 이러한 체험이 세속의 논리를 벗어난 것
이기에 영혼의 본향인 극락세계, 즉 지장보살이 관장하는 "금색
계"를 지향할 뿐이다.

　　『서정주시선』에는 초기 시의 혼란과 어둠이 가라앉아 가
는 양상과 더불어 이러한 체험과 의식에서 자라 나왔음에 분명
한 정신적 모색의 자취가 들어 있다. 「상리과원」은 이 모색이
총화된 현장을 보고한다. 혼들의 꽃밭이고 혼들의 잔치인 이 세

계는 신성과 인간의 영원한 생명력이 하나로 어우러질 수 있다는 착란적 믿음을 내포한다. 무속의 사유를 받아들인 시인은 꽃밭의 행복한 굿판을 주재하며 고대 무교가 정신생활의 원리이자 규범이었던 신라를 향해 비상할 준비를 마친 듯하다.「상리과원」은 서정주 시의 한 세계가 일단락되고 다른 한 세계가 생성되는 상서로운 무대이다.

이영광 1998년『문예중앙』으로 등단. 시집『직선 위에서 떨다』『그늘과 사귀다』『아픈 천국』『나무는 간다』『끝없는 사람』『깨끗하게 더러워지지 않는다』『해를 오래 바라보았다』『살 것만 같던 마음』등을 펴냈다.

선덕여왕의 말씀

짐의 무덤은 푸른 영嶺 위의 욕계 제2천.
피 예 있으니, 피 예 있으니, 어쩔 수 없이
구름 엉기고, 비 터 잡는 데─그런 하늘 속.

피 예 있으니, 피 예 있으니,
너무들 인색치 말고
있는 사람은 병약자한테 시량도 더러 노느고
홀어미 홀아비들도 더러 찾아 위로코,
첨성대 위엔 첨성대 위엔 그중 실한 사내를 놔라.

살의 일로써 살의 일로써 미친 사내에게는
살 닿는 것 중 그중 빛나는 황금 팔찌를 그 가슴 위에,
그래도 그 어지러운 불이 다스려지지 않거든
다스리는 노래는 바다 넘어서 하늘 끝까지.

하지만 사랑이거든
그것이 참말로 사랑이거든

서라벌 천 년의 지혜가 가꾼 국법보다도 국법의 불보다도
늘 항상 더 타고 있거라.

짐의 무덤은 푸른 영 위의 욕계 제2천.
피 예 있으니, 피 예 있으니, 어쩔 수 없이
구름 엉기고, 비 터 잡는 데—그런 하늘 속.

내 못 떠난다.

* 선덕여왕은 지귀志鬼라는 자의 여왕에 대한 짝사랑을 위로해, 그 누워 자는 데
  가까이 가, 가슴에 그의 팔찌를 벗어 놓은 일이 있다.
* 편집자주—3연 3행 '다스려지지 않거든'은 시집에는 '다 스러지지 않거든'으로 되어
  있다. 다음 구절 '다스리는 노래'와 잘 조응하므로 『서정주육필시선』의 표기를 따랐다.

살의 일로써

고명재

하나의 쌀알에서 경작지가 탄생하는 게 좋다. 하나의 효모에서 빵 반죽이 부푸는 게 좋다. 하나의 씨앗에서 장미 넝쿨이 뻗는 게 좋다. 하나의 묘에 여럿이 와서 우는 게 좋다. 하나의 노래가 거듭 편곡되는 게 좋다. 하나의 시가 수백의 마음을 흔드는 게 좋다. 하나의 이야기가 한 사람보다 오래 살아서, 수백 수천의 얼굴로 이어지는 게 좋다.

그런 이야기들을 오랫동안 좋아했다. 쉽게 닳지 않고 즉각 이해되지 않아서 끝없이 되풀이되는 이야기. 「필경사 바틀비」라든가 「법 앞에서」 같은 이야기. 「벌거벗은 임금님」이라든가 「용소와 며느리 바위」라든가. 이런 이야기 앞에서 우리는 무지無知를 느낀다. 이야기의 끝은 없고 중심도 비어서 우리는 이야기를 장악할 수 없다. 다만 그 무지만큼의 가능성이 생긴다. 해석을 더하고 주석을 덧대고 사랑을 입히며 이야기는 긴 수명을 가지게 된다. 그래서 시가 좋았다. 시 앞에서는 언제든 무지해도 괜찮으니까. 모른 채로 꿰뚫리고 좋아하면서 되풀이할 수 있는 시의 무지가, 겸허가 좋았다.

미당의 시는 곧잘 무지를 발생시킨다. 그의 시에는 가늠되지 않는 언어‒너머가 있다. "눈이 부시게 푸르른 날은/ 그리운 사람을 그리워하자"(「푸르른 날」). 도대체 이런 말은 어떤 이유로 이토록 거대하고도 투명한 감동을 줄 수 있는지. 아무리 날카로운 관점을 들이대도 그의 시는 온전히 파악되지 않는다. 우리는 그저 그의 시를 바라보면서 '텅 빈 충만감'을 느낀다. "바보야 하이얀 멈둘레가 피었다./ 네 눈섭을 적시우는 용천의 하눌 밑에/ 히히 바보야 히히 우습다."(「멈둘레꽃」) 무지한 채("바보")로 곧장 사랑을 해내는 능력. 이해를 앞서서 도달하는 시.

종종 시 쓰는 일이 힘에 부칠 때, 미당의 시를 펼쳐 읽고는 한다. 그의 시 중에는 유명한 시도 많지만, 이 글에서는 「선덕여왕의 말씀」을 말하고 싶다. 이 시는 미당의 절창이라든가, 널리 알려진 시는 아니지만 겹벚꽃처럼 중심‒없는 아름다움이 있다. 이야기(설화)의 무한성과 시의 영원성이 뒤섞인 아름다움.

우선 시가 차용하고 있는 설화의 아름다움을 보자. 이 시는

「지귀설화志鬼說話」를 차용하고 있는데 이는 박인량의 『수이전殊異傳』의 「심화요탑心火繞塔」에 수록되었다가 이후 『대동운부군옥大東韻府群玉』을 통해 전해지고 있다. 설화의 줄거리는 다음과 같다.

　　신라 선덕여왕 때 지귀라는 청년이 여왕의 행차를 보다가 사랑에 빠져 광인이 되었다. 어느 날 지귀는 여왕을 만나고 싶다며 행차를 방해하게 된다. 여왕은 지귀를 벌하려는 사람들을 가로막은 뒤 그와의 대면을 허락한다. 다만 불공을 드린 이후에 만나자는 것. 그래서 지귀는 여왕이 불공을 드릴 절까지 따라가게 되었다. 여왕과의 만남을 고대한 지귀는 여왕의 기도가 끝나기를 기다리다 순간 잠이 들었다. 그런 그를 보고 여왕은 안타까이 여겨 자신이 차고 있던 팔목의 금팔찌를 빼서 지귀의 가슴 위에 올려 두고 떠난다. 깨어난 지귀는 그 팔찌를 보고 가슴에 불이 일기 시작했는데, 이 불이 온몸으로 번져 자신을 태우고 탑과 주변을 불바다로 만들어 버렸다. 이후 불귀신이 된 그를 백성들이 두려워했는데 여왕이 그를 쫓는 주문을 지어 부적으로 쓰게 했다. 내용은 다음과 같다.

지귀는 마음에서 불이 일어　　　志鬼心中火
몸을 태우고 화신이 되었네.　　　燒身變火神

푸른 바다 밖 멀리 흘러갔으니, 流移滄海外

보지도 말고 친하지도 말지어다. 不見不相親

너무나도 이상하고 아름다운 이야기다. 단 한 번의 눈길로 사랑에 빠지고, 단 한 번의 호의가 재앙이 된다. 마음에서 불이 일어나다니. 이토록 느슨하고 긴밀한 접촉은 뭘까. 손목의 팔찌가 가슴으로 옮겨지는 때, 이미 무시무시한 화재는 시작된 것이다. 무엇보다도 그토록 지척까지 다가갔던 지귀는, 역설적으로 이야기의 끝에서는 "보지도 말고 친하지도 말" 대상이 되어 "푸른 바다 밖 멀리"까지 밀려나 버린다. 가장 가까운 거리가 가장 먼 거리가 되는 것. 사랑에서 파국으로 변모하는 것. 산 자에서 죽은 자로 건너가는 것. 이 이야기의 정체는 뭘까. 사랑 이야기일까. 비극일까. 여왕의 선정善政에 관한 찬가일까. 이 이야기의 무한성을 껴안은 채로, 서정주는 또 다른 이야기를 빚는다.

「선덕여왕의 말씀」은 왕이 전면적인 화자로 등장한다. 그는 자신의 "무덤은 푸른 영嶺 위의 욕계 제2천"에 있다고 선언한다. 천상계의 초월적인 자리가 아니라 욕계欲界, 즉 유정有情이 가득한 세계에 있겠다고 선언한다. 그러니까 피(삶과 육체)가 지금 여기(물질계)에 있으니 죽음 이후에도 이어진 존재로 있겠다는 것.

이 시의 묘한 아름다움이 바로 여기에 있다. 이 시에서 여왕은 '초월자'로 군림하는 것이 아니라 한낱 '사랑의 주체'로 존재하고자 한다. 그가 그리는 세계는 단순하다. "너무들 인색치 말고" "병약자한테 시량도 더러" 나누고, "홀어미 홀아비들도 더러 찾아 위로"하며 살아가는 세계. 이러한 사랑 – 세계는 어떻게 시작되는가(가능한가). 시인은 이 발화점發火點을 「지귀설화」를 통해 적극적으로 드러내고 표현한다.

가장 환유적이고 유물론적인 상상력이라고 하면 어떨까. 그러니까 서정주가 「지귀설화」에서 발견한 것은 "살[肉體]의 일로써" 사랑이 전이되고 번질 수 있다는 것. 설화에서 보았듯 이 화재의 원인은 인접한 것들의 느슨한 접촉(환유)에 있다. "살 닿는 것 중 그중 빛나는 황금 팔찌를 그 가슴 위에" 올려 두었기에 '관념(사랑)'이 '실재(불)'로 변한 것이다. 가장 존귀한 자의 살에 닿았던 빛나는 사물이, 가장 비천한 광인의 가슴에 닿는다. 바로 이때 "국법보다도" 귀한 개념(사랑)이 탄생한다. 사랑과 불은 접촉에서 탄생한다. 작은 부싯돌의 마찰이 세계를 삼킬 수 있다.

서정주가 발견한 「지귀설화」의 아름다움은 이런 것이다. '정서적이고 초월적인 개념(사랑)'을 관념의 세계에 그대로 두는 것이 아니라, '실재하는 물질'("살의 일")로써 드러내야 한다. 우리의 몸, 현실, 얼굴, 눈앞의 것으로 "사랑"은 발화(發火/發話)되어야 한다. 이것이 바로 "선덕여왕의 말씀"이다. 자신은 "구름 엉기고, 비 터 잡는 데"에 있을 터이니 언제든 걱정 말고 "늘 항상 더 타고 있거라" 다독이는 말.

이 말씀은 '서구의 것'과는 너무나 다르다. 육체도 없이 외부에서 세계를 조망하면서 '빛이 있으라'라고 명령하는 권능의 말씀(야훼 – 아버지). 이와 달리 서정주가 발견한 동양적 "말씀"(여성 – 왕)은 "참말로 사랑"인 "살의 일"이다. 그래서 여왕은 끝까지 이곳에 있으려 한다. "내 못 떠난다"고 고백하는 여기("예")의 말씀은 여왕의 이름[善德] 그대로 선하고 어질다.

고명재   2020년 조선일보로 등단. 시집 『우리가 키스할 때 눈을 감는 건』을 펴냈다.

꽃밭의 독백

—사소 단장娑蘇斷章

노래가 낫기는 그중 나아도

구름까지 갔다간 되돌아오고,

네 발굽을 쳐 달려간 말은

바닷가에 가 멎어 버렸다.

활로 잡은 산돼지, 매[鷹]로 잡은 산새들에도

이제는 벌써 입맛을 잃었다.

꽃아. 아침마다 개벽하는 꽃아.

네가 좋기는 제일 좋아도,

물낯바닥에 얼굴이나 비춰는

헤엄도 모르는 아이와 같이

나는 네 닫힌 문에 기대섰을 뿐이다.

문 열어라 꽃아. 문 열어라 꽃아.

벼락과 해일만이 길일지라도

문 열어라 꽃아. 문 열어라 꽃아.

* 사소娑蘇는 신라 시조 박혁거세의 어머니. 처녀로 잉태하여, 산으로 신선 수행을
  간 일이 있는데, 이 글은 그 떠나기 전, 그의 집 꽃밭에서의 독백.

문 열어라 꽃아. 문 열어라 꽃아.

문정희

미당의 시는 거의 모든 작품이 대표작이지만 그 중에서도 특히 「꽃밭의 독백」이 나를 때린 것은 무애 양주동 교수의 특강 때였다. 대학 3학년 초여름이던가. 박정희 정권을 비판하여 소위 '정치교수'에 묶인 양주동 교수를 오랜만에 특강 형식으로 초청했던 날이었다.

무애 특유의 허스키한 목청으로 "노래가 낫기는 그중 나아도/ 구름까지 갔다간 되돌아오고……"를 읊으며 이 시를 당대 한국 시의 최고 절창이라 소개했다. 스스로를 국보라 칭했던 무애는 그날 천부적인 시인 서정주의 빼어남과 「꽃밭의 독백」에 응축된 시 정신에 대해 시종 아낌없는 찬사와 감탄의 언어로 강연장을 달구었다.

「자화상」, 「화사」, 「문둥이」, 「무등을 보며」, 「무슨 꽃으로 문지르는 가슴이기에 나는 이리도 살고 싶은가」 등을 숨죽여 읽고 있던 스물한두 살 즈음의 나는 무언가 덜컥 내려앉는 듯한 느낌이 들었다. 그날부터 시집 『신라초』를 열고 들어가 「꽃밭의 독백」을 정면으로 만났다.

『화사집』, 『귀촉도』, 『서정주시선』 다음으로 펴낸 제4시집 『신라초』를 통해 우리 정신의 금광으로 미당은 신라정신을 주목했고, 그 내용은 바로 영원주의와 영생주의를 말뚝으로 미와 이데아를 근본으로 펼치는 것이었다. 식민지와 전쟁을 지나온 서정주의 현실인식이 신라의 영원인에서 찾아낸 그 무엇이냐는 논란을 빚으며 미당은 사소와 선덕, 백결과 헌화가의 노인을 "내 영원은 물빛 라일락의 빛과 향의 길이로라"라고 노래했다.

한마디로 하나의 거대한 시맥에 덜미를 잡힌 느낌이었다. 「꽃밭의 독백」에는 '사소 단장'이라는 부재가 붙어 있는데 사소는 누구인가. "사소娑蘇는 신라 시조 박혁거세의 어머니. 처녀로 잉태하여, 산으로 신선 수행을 간 일이 있는데, 이 글은 그 떠나기 전, 그의 집 꽃밭에서의 독백"이라는 설명이 시 아래 붙어 있다. 미당은 사소를 한국의 이상적 여인상으로 거명하며 홀로 맹수와 싸워 이기고 그의 아들을 신라의 시조로 만든 예지의 여인이라고 했다. 하지만 「꽃밭의 독백」은 '사소 단장'이라는 부제를 굳이 주목하고 읽지 않아도 이해하는 데 전혀 문제가 되지 않는다.

인간의 삶에서 그중 낫다는 노래나 예술마저도 결국은 구름에 이르지 못하고 지상의 몸짓으로 되돌아오고 네 발굽을 쳐 달려간 어떤 권력이나 부귀의 힘도 자연의 시간 앞에서는 덧없이 멈출 수밖에 없다는 첫 연부터 예사롭지 않은 시이다. 애써 공들여 활로 잡은 산돼지, 매로 잡은 산새로 육신을 채우는 삶은 결국 한계를 넘지 못하고 무너지고 마는 것이 인간의 숙명인 것이다. '물낯바닥'이라는 시어도 참 기막히다.

인간은 물거울에다 얼굴이나 비춰는 헤엄도 모르는 아이, 시간이라는 한계 속에 갇힌 목숨인 것이다. 그 닫힌 문에 기대섰을 뿐인 존재가 터뜨리는 시구가 "문 열어라 꽃아. 문 열어라 꽃아."인 것은 너무 자연스럽다. 꽃에게 문을 열라고 한 시인이 미당 말고 세상 어디에 있었던가. 황홀한 번개이다. 그런데 그 꽃은 아침마다 개벽을 하는 꽃이다. 아침마다 새로 열리는 생명의 비밀? 꽃? 나? 님? 벽? 부처?…… 무수한 질문으로 이어지는 순간이다. 벼락과 해일만이 길일지라도……? 벼락과 해일은 또 무엇인가. 시는 끝없이 성성한 질문으로 이어지고 있다. 그리고 그때마다 대답과 감탄과 감동이 달라진다.

나는 이 시를 처음 만난 그로부터 참 많은 시간이 흐른 후 우연히도 전혀 생각지도 않던 또 다른 불이 내 안에 켜지는 경험을 한 적도 있다. 스물한두 살의 내가 이윽고 그때의 내 나이 또래의 문학도들 앞에서 강의를 하는 입장이 된 어느 날이었다. 고려대 대학원 강의 중에 내 입에서 "벼락과 해일"을 설명하며 돈오와 점수라는 말을 쓰고 있는 나를 발견했다.

벼락과 해일은 돈오점수. 아시다시피 이는 선종 불교 수행 방법으로 돈오頓悟는 단박에 뛰어서 깨달음에 이르는 것이요, 점수漸修는 그것을 깨달은 후에도 점차로 닦아 하나의 경지로 나아가는 것이다. 벼락과 해일의 길로 새로이 떠나는 시혼. 그 것이 불러온 시는 너무도 자연스럽게 시행마다 절창을 만들 수 밖에 없지 않겠는가.

얼마 전 경주에 가서 그 옛날 사소가 신선 수행하러 들어 갔다는 선도산을 한참 바라본 적이 있다. 그리고 어느 봄날, 아 니면 어느 가을쯤 경주에 와서 『삼국유사』 속의 경주와 선도산 을 헤맸던 시인 미당을 떠올렸다.

나는 스물 초반의 젊은 날에도 웬일인지 허무에 빠져 있었 다. 젊음이 버겁고 시들해서 방황하고 있었다. 그때 나는 누군 가에게 이별 편지를 썼다.

"활로 잡은 산돼지, 매로 잡은 산새들에도// 이제는 벌써 입맛을 잃었다." 지치고 새롭지 않으니 이쯤에서 그만 멈추고 싶다는 표현이었다. 그런데 이 시구를 받은 상대는 매우 흐뭇해 하며 내가 시를 바친 줄 알고 더 가까이 다가왔다. 시도 모르고 존재의 무력도 한계도 모르고 젊음 하나만 달랑 지니고 있던 때였다. 나 역시 그때나 지금이나 "물낯바닥에 얼굴이나 비춰는/ 헤엄도 모르는 아이"임에 틀림없다.

미당이 존재의 무력과 한계를 노래하면서도 굳이 열고 싶은 꽃의 문! 그 문 속에는 어떤 길이 나 있을까. "볕이거나 그늘이거나 혓바닥 늘어트린/ 병든 숫개마냥"(「자화상」) 달려온 시인이 생의 중반에 이르러 숙명과 구도적 몸짓으로 부른 노래가 「꽃밭의 독백」이다.

문
정
희 1969년 『월간문학』으로 등단. 시집 『꽃숨』 『문정희 시집』 『새떼』 『혼자 무너지는 종소리』 『아우내의 새』 『찔레』 『그리운 나의 집』 『남자를 위하여』 『오라, 거짓 사랑아』 『양귀비꽃 머리에 꽂고』 『다산의 처녀』 『나는 문이다』 『카르마의 바다』 『웅』 『작가의 사랑』 『오늘은 좀 추운 사랑도 좋아』, 시선집 『지금 장미를 따라』 등을 펴냈다.

무제

종이야 될 테지, 되려면 될 테지
예 울던 대로 높다라히 걸려서

여기 갈림길
네 갈래 갈림길
해도 저물어
땅거미 끼는 제

종이야 될 테지, 되려면 될 테지
깨지면 깨진 대로 얼얼히 울어

자네 속 몰라
애탈 뿐이지
애타다가는
녹아갈 뿐이지

일천 년 자네 집 문지방에 울더라도
종이야 될 테지, 되려면 될 테지

젊어, 성城 둘레
맴돌아 부르다가
금 가건 내려져
시궁소릴 할지라도

종이야 될 테지, 되려면 될 테지
종이야 될 테지, 되려면 될 테지

존재의 돋을새김으로서의 시

안희연

미당을 생각하면, 이 장면이 가장 먼저 떠오른다.

스물두세 살 무렵의 일이다. 당시 나는 시인이 되겠다는 부푼 열망을 안고 전국 각지를 떠돌고 있었다. 이름난 시인의 생가나 문학관, 시비가 있는 곳이라면 어디든 갔다. 전라북도 고창을 찾은 것도 그 무렵이다. 선운사에 들러 심신을 깨끗이 정비한 뒤 미당 생가에 가서 시인의 정기를 받아오는 여행 코스를 계획했다. 뚜벅이 여행자였던 나에겐 쉽지 않은 여정이었다. 선운사에서 미당시문학관까지는 바로 연결되는 대중교통편이 없었기 때문. 지금 같으면 택시를 타면 된다 여겼을 텐데 그땐 주머니 사정도 넉넉하지 않았고 튼튼한 두 다리를 맹신했으므로 일단 근처까지 버스를 타고 가다 40여 분 걷는 코스를 택했다.

봄에서 여름으로 계절이 바뀌는 때였다. 본격적인 무더위
는 아니었지만 제법 따가운 햇살에 땀을 송골송골 매달고 시골
길을 걷고 있는데 레미콘 차량 한 대가 옆에 섰다. 차가 얼마나
크던지 차창 안 운전자의 얼굴을 한참 올려다봐야 할 정도였다.
순박한 얼굴을 한 아저씨가 말을 걸어왔다. 문학관엘 가느냐고.
그렇다 대답하니 그 앞을 지나는 길이니 데려다주겠다는 거였
다. 지금 같으면 경계심에 거절했을 것 같은데 그땐 무슨 용기
가 났던지 그러겠노라 했다. 차내가 높아 조수석 상단의 손잡이
를 힘껏 잡아당기며 중간 발판에 발을 한 번 디뎌야 겨우 차에
오를 수 있었다.

근처 공사 현장에 자재를 배달한다는 그는 문학관에 가는
사람들을 종종 태워 준다고 했다. 걸어가기엔 꽤 먼 거리라면
서. 그는 도리어 나를 걱정했다. 젊은 아가씨가 겁도 없이 이런
시골길을 혼자 다녀요. 용기가 대단하네. 그리고 이어졌던 짧은
대화. 그 시인이 대단하긴 한가 봐요. 내 보기엔 뭐 볼 게 있나
싶은데 사람들이 여길 꽤 많이 오더라고. 그는 자신은 문학관
안엔 들어가 본 적도 없고 그의 시를 읽어 본 적도 없다 덧붙였
지만, 나는 그 말이 반은 맞고 반은 틀리다고 생각했다. 문학관
이라는 형식을 경험하지 않았을 수는 있어도 알게 모르게 그가
미당의 시를 만나 왔을 거라고 여긴 까닭이다. 이 마을이 곧 미

당이고 풀 한 포기 흙 한 줌에도 미당의 정신이 스며 있다면 그건 미당을 만난 것이나 다름없을 테니까.

미당시문학관에서 미당 생가까지는 지척이었고 나는 저 유명한 질마재를 천천히 거닐며 미당의 유년을 상상했다. 누군가에겐 그저 하나의 지명에 불과하겠지만 어느 한 사람에겐 존재의 시원이자 시의 심부일 곳. 고즈넉한 마을 풍경 위로 미당의 문장들이 구름처럼 흘러갔다.

그곳에서 받은 인상을 짧게라도 기록해 두고 싶어 미당시문학관 앞 나무 그늘에 잠시 앉았다. 노트를 펼쳤는데 무슨 말을 써야 할지 막막했다. 시인이 되고 싶어요. 좋은 시를 쓰게 해주세요. 마음은 지글지글 끓는데 언어는 도착할 기미가 안 보였다. 실체 없는 우울, 기질적 예민함, 충만한 감수성을 젊음의 증표로 무장한 채 텅 빈 종이만 하염없이 노려보던 그 오후에,

"밥은 먹고 댕기냐?"

지척에서 목소리가 들려왔다. 고개를 들자 뒷짐진 할머니 한 분이 나를 안쓰러운 표정으로 내려다보고 계셨다. 집에 혼자 있기 적적해 잠시 마실 나오신 걸까. 텅 빈 종이에 코를 박은 젊은이의 사연이 자못 궁금하셨던 걸까. 고개를 들어 할머니와 눈이 마주쳤을 때, 나는 직감했다. 이 장면은 평생 잊히지 않겠구나. 시가 할머니의 육신을 입고 내게 걸어온 것 같았다. 시의 전령사가 있다면 바로 오늘이 그를 만난 날이리라.

이 이야기는 미당의 시와는 아무 연관이 없을지도 모른다. 하지만 미당의 시를 읽을 때마다 내겐 이날의 기억이 어김없이 작동되고 포개진다. 시를 향한 걸음마를 막 시작할 무렵, 선생님들은 말씀하셨다. 미당은 귀신이라고. 미당의 시에는 귀기가 서려 있고 그건 누구도 흉내낼 수 없는 재능이라고. 그때는 그 말을 온전히 이해하지 못했다. 하지만 고창을 여행한 후 미당의 시를 읽을 때에는 어딘가 달랐다. 책장을 넘길 때마다 불 속으로 깊이깊이 자청해 들어가는 한 사람이 보였다. "아무 병도 없으면 가시내야. 슬픈 일 좀 슬픈 일 좀, 있어야겠다."(「봄」)고 말하며 슬픔의 불 속으로 뚜벅뚜벅 걸어 들어가는 사람. 얼마 뒤 발바닥까지 불에 그을린 채 새카맣게 탄 몰골로 걸어 나와서는, 새하얀 잇몸을 드러내며 '그런데 너, 이 캄캄한 사람아. 밥은 먹고 댕기냐?' 물어오는 사람.

그리고 이 시를 생각한다. 텅 빈 종이 위에서 시 한 편만 내어달라 애걸복걸하던 나에게 미당은 이렇게 말했다. 이 어리석은 젊은이여, 시는 구걸한다고 오는 게 아니란다. "시의 이슬에는/ 몇 방울의 피가 언제나 섞여 있어"(「자화상」) 노력 없이는 얻어지지 않는단다. 시란, 네 존재를 까맣게 태운 자리에서 불가피하게 솟아오르는 것이지. 그러니 따라 해보렴 젊은 시인이여, "종이야 될 테지, 되려면 될 테지". 시 쓰기는 시인과 종이의 이 인삼각 경기와 같단다. 종이보다 앞서나가도 안 되고 그렇다고 뒤처져서도 안 되지. "되려면 될 테지"의 마음으로 일단 울어. "깨지면 깨진 대로 얼얼히 울어"(이상 「무제」). 여기서의 핵심은 '얼얼히'에 있다네. 맵거나 독해서 아리고 쏘는 느낌, 그것이 얼얼함이지.

얼얼히 울다 보면 저절로 종이 위에 나타나 있는 바로 그것. 점자처럼 돋아져 나온, 존재의 돋을새김으로서의 시.

이것이 내가 읽은 「무제」다. 그리고 나는 이 시의 행간에 아주 중요한 문장이 생략되어 있다고 생각한다. 새하얀 잇몸을 드러내며 웃는, 새카맣게 탄 시인이여. 그 문장은 바로 이것이다.

"밥은 먹고 댕기냐?"

안희연

2012년 창비신인시인상으로 등단. 시집 『너의 슬픔이 끼어들 때』『밤이라고 부르는 것들 속에는』『여름 언덕에서 배운 것』『당근밭 걷기』를 펴냈다.

어느 날 오후

오후 세시 반
웃는 이 없고,
서천西天엔
한 갈래
배를 깐 구름.
자네, 방 아랫목에서
옛날 하던 그대로
배를 깐 구름. 배를 깐 구름.
하필에 오도 가도 서도 못하고
늘펀히 자빠져서 배를 깐 구름.

미당시의 회화적 색채와 이미지

이제하

미당시를 대해 오면서 그 표현 언어에서 유난히 두드러지는 색채감을 깨달은 것은 비단 필자만이 아닐 것이다. 일종 회화적 색채감인데 초기 『화사집』에 전면적으로 드러나는 표현주의적 혹은 보들레르적이고 원색적인 색채감은 차치하고서라도 이런 관점으로만 살펴본다면 전세기나 금세기의 모든 미술 조류의 이론과 주장들이 시편들에 골고루 망라되고 있어 놀라지 않을 수가 없는 것이다.

가령 모네를 필두로 펼쳐지던 인상파의 주장과 기법이 집약적으로 발현되고 있는 것은 「상리과원上里果園」 같은 시편일지 모른다. 여기서는 인상주의가 주장하던 빛, 소리, 햇빛의 변주가 야기하는 온갖 색깔의 범벅과 소용돌이가 고스란히 발현

되는 것을 볼 수가 있다.

언어 표현을 회화적 비주얼로 치환해 비교 천착해 보는 것……. 그 후 이 방법은 필자에게 미당시를 더 깊이 이해하는 하나의 키워드가 되었다. 서구 비정형 회화가 미국으로 건너가 발전한 추상 표현주의거나 반달과 눈썹을 노래하는 시편들이 연상시키는 몬드리안적인 기하학적 추상이거나 『삼국유사』에서 소재를 가져와 전개되는 신고전주의 혹은 신표현주의, 미니멀 아트적인 세계뿐만이 아니다. 미당의 시편들이 거느리고 있는 절창의 절구들에도 그런 회화적 색채는 어김없이 스며 있다. 「꽃밭의 독백」에서 "문 열어라 꽃아"라고 폭죽처럼 터져 나오는 야수파적인 색채나 「학」에서 발현되는 한국화적인 기법의 정수거나 예외가 없다.

초현실주의자들의 주장에 부합하는 시편들을 살피다가 마주친 시가 이 「어느 날 오후」다. 대뜸 이 시편에 조응한 것은 시계가 엿가락처럼 늘어져 난간 끝에 걸린 살바도르 달리의 「기억의 고집」이란 작품이었다. 달리는 유년기 무의식의 어떤 트라우마가 이 작품의 모티프가 되었다고 해명을 하고 있는 모양이지만 미당의 「어느 날 오후」가 나타내고 있는 장소는 유년기의 무의식적 공간이 아니다.

달리의 엿가락처럼 늘어진 시계와 여기서의 "배를 깐 구름"이라는 구절의 질감을 나란히 놓고 살피면 이 시편의 불가사

의한 장소나 그 윤곽이 더욱 뚜렷해진다. 여기는 장자도 공자의 시공간도 아니다. 일생을 땀 흘리며 살아야 하는 이 나라 백성들이 마지막으로 쟁취하는 어느 순간, 휴식과 해탈의 공간이어서 마치 액화液化한 뇌성벽력을 코앞에서 보는 것처럼 경악하게 만드는 것이다.

이 제 하 1956년『새벗』에 동화, 1959년『현대문학』에 시,『신태양』에 소설 당선. 소설집『초식』『기차·기선·바다·하늘』『유자약전』『용』『밤의 수첩』『독충』, 장편소설『광화사』『소녀 유자』『진눈깨비 결혼』『풍경의 내부』『능라도에서 생긴 일』, 시집『저 어둠 속 등빛들을 느끼듯이』『빈 들판』등을 펴냈다.

내 마음속 우리 님의 고운 눈썹을

김   언
문태준
박소란
박형준
송찬호
이현호
이병률
권승섭

동천冬天

내 마음속 우리 님의 고은 눈섭을
즈믄 밤의 꿈으로 맑게 씻어서
하늘에다 옮기어 심어 놨더니
동지섣달 날으는 매서운 새가
그걸 알고 시늉하며 비끼어 가네

지극하면 맑고, 맑아지면 비끼어 간다

김언

「동천」은 누군가를 향한 시이면서 무언가를 향한 시이다. 누군가를 향한 지극한 마음으로 읽는다면 지극한 연시戀詩가 되겠지만, 그렇게 읽는다고 딱히 아쉬움이 남는 것도 아니겠지만, 그럼에도 이 시를 연시에만 가두어 놓고 읽을 수 없는 마음이 무언가를 부른다. 무언가가 무얼까? 누군가에서 무언가로 대상만 달라질 뿐, 그 지극한 마음이야 크게 다를 바가 없을 것이다. 그러니 무언가의 자리는 누군가의 자리와 다를 바 없이 고려되어야 한다. 지극한 마음으로 오래 생각하는 대상이면 그게 누구고 무엇이든 모두 "우리 님"이 되는 것이다. 만해의 시 「님의 침묵」에 등장하는 '님'과도 통하는 존재라는 말인데, 정서가 조금 다르다. 「님의 침묵」에 나오는 '님'은 화자의 격정적인 어조에서 이미 짐작이 가듯 절정의 감정에서 노래하는 님이다. 반면 「동천」에 나오는 "우리 님"은 절정을 지났거나 절정에서 살짝 비껴 난 감정에서 그려내는 님이다. 대상을 향한 지극한 마음은 차이가 없으나, 지극한 마음이 통과하는 감정 상태가 사뭇 다른 것이다. 활활 타오르는 불길의 감정과 다 타고 남은 재의 감정에 빗대어도 크게 무리가 없겠다.

절정을 지났거나 절정에서 조금 비껴 난 감정은 뜨거울 수가 없다. 뜨겁기만 할 수가 없다. 이리저리 솟구쳤다가 가라앉았다가 다시 튀어 오르는 감정이 될 수도 없다. 절정을 지나면서 비껴 난 감정은 그 모든 감정이 뒤섞이면서 어지러웠던 시간을 지나고 나서야 온다. 더 정확히는 온갖 우여곡절을 지나면서 혼탁해진 감정을 씻고서야 도달할 수 있는 지경. 그것이 재의 감정이라면, 거기에 동반되는 이미지는 역설적으로, 아니 당연하게도 맑다. 이때의 맑음은 처음부터 거저 주어진 맑음이 아니다. "즈믄 밤의 꿈으로" 힘겹게 씻겨 내는 시간을 통과하고서야 가까스로 주어지는 맑음이다.

그렇게 힘들게 도달한 맑음의 상태, 맑음의 이미지는 하늘로 올라가서 또 다른 대상과 조우한다. "동지섣달 날으는 매서운 새"가 그것이다. 맑음에 초점을 두고 저 구절을 들여다보면 언뜻 어울리지 않는 표현이 보인다. "매서운 새"에 들어 있는 '매서운'이라는 말은, 힘겹게 도달한 맑음의 이미지와는 거리가 있어 보인다. 맑음 이전에 등장했던 우리 님의 "고은 눈섭"과도 어울리기는커녕 정면으로 맞서는 듯한 인상을 준다. "고은 눈섭"과 "매서운 새", 이 둘의 간극을 어떻게 메우면서 읽느냐가 관건으로 남는다.

인상은 다르지만, 둘의 형상은 묘하게도 닮았다. 그 닮음을 환기하는 대상은 시에 직접적으로 등장하지 않는다. 표면상 드러나지는 않지만 곧바로 떠오르는 대상이 있으니 바로 '달'이다. 달 중에서도 일명 '눈섭달'로도 불리는 초승달이나 그믐달이 떠올라서 "고은 눈섭"과 "매서운 새" 사이에 벌어진 틈을 메운다. 단순히 둘 사이를 메우는 정도가 아니다. 한꺼번에 저 둘을 떠올리게 된 계기도 어쩌면 눈섭달에서 찾아야 하지 않을까. 겨울 밤하늘에 뜬, 어찌 보면 눈섭 같고 또 어찌 보면 날카롭게 그어낸 칼자국 같은 저 눈섭달에서 「동천」이라는 시의 연원을 찾아야 하지 않을까. 그런 짐작을 하면서 다시 시를 본다.

언뜻 거리가 멀어 보이는 "고은 눈섭"과 "매서운 새"가 '눈섭달'로 인해 충분히 잇닿아지는 관계에 놓인다면, 양자에서 비롯되는 술어들도 충분히 연결해서 생각해 볼 여지를 남긴다. 즉 고운 눈섭을 맑게 씻는 행위와 매서운 새가 시늉하며 비끼어 가는 행위가 별개의 관계가 아니라 밀접하게 붙어 있는 관계로 다시 보이는 것이다. '눈썹달'은 보름달처럼 절정으로 차오른 달이 아니다. 달이 없는 혹은 안 보이는 상태에서 가까스로 비껴난 상태에 놓인 달이다. 고운 눈썹으로만 그려지는 "우리 님"도 마찬가지다. 보름달처럼 차오른 얼굴로 연상되는 것이 아니라 겨우 눈썹으로만 환기되는 존재가 "우리 님"이다. 절정으로 차오른 감정을 한참이나 지나서야 겨우 불러내는 존재가 "우리 님"인 것이다. 동지섣달 밤하늘을 똑같이 눈썹달 모양으로 떠가는 새도 그걸 알고 있다. 알고 있으니 님을 향해서, 님을 향한 나의 지극한 마음을 향해서 돌진하듯이 날아가는 것이 아니라, 그저 시늉하듯이 비끼어 가는 것일 게다. 말하자면, 님을 향한 지극한 마음이 절정을 지나서 절정을 비껴 난 상태로 대상(눈썹달)을 부르고 형상(눈썹 모양)을 부르고 마침내 시를 이룬 것이「동천」일 것이다.

절정에서 비껴난 마음은 강렬할 수가 없다. 한때 절정으로 치달았던 마음이 있었는지 없었는지도 모르게 희미할 수도 있다. 그래서 이도 저도 아닌 어중간한 마음으로 오해될 수도 있다. 시집『동천』에 들어 있는 다른 시「연꽃 만나고 가는 바람같이」에서도 언뜻 어중간해 보이는 표현이 보인다. "섭섭하게,/ 그러나/ 아조 섭섭치는 말고/ 좀 섭섭한 듯만 하게,// 이별이게,/ 그러나/ 아주 영 이별은 말고/ 어디 내생에서라도/ 다시 만나기로 하는 이별이게,"처럼 어중간한 이별과 섭섭함이 묻어나는 표현 역시 그 근원에는 "연꽃/ 만나러 가는/ 바람 아니라/ 만나고 가는 바람같이"에서 재차 확인되듯, '만남'이라는 절정의 순간을 지난 상태가 가로놓인다.

절정을 지난 마음은 절정에 달했을 때만큼 진할 수가 없다. 진하기는커녕 있는지 없는지조차 말하기 곤란할 정도로 연하고 연해진 상태. 연하고 연한 상태가 극에 달하면 남는 것은 맑음이다. 맑음은 아무것도 없는 상태가 아니다. 함부로 있다고도 말해질 수 없는 상태다. 맑음은 그래서 단순한 지경이 될 수 없다. 절정을 지나서 절정을 비껴 난 상태에서 우러나는 맑음은 더더욱 단순할 수가 없다. 당연히 맑음에 기초해서 나온 「동천」이라는 저 짧은 시에 대해서도 단순히 몇 마디 말로 접근하는 것이 쉬운 일은 아닐 것이다. 다만, 오래도록 생각해 온 대상이, 그걸 생각하는 지극한 마음이 시로 옮겨가는 과정에 대해선 군말이라도 분명하게 덧붙일 것이 있다.

지극한 마음은 지난한 시간을 전제로 한 마음이며, 지난한 시간은 지극한 마음이 절정에 달한 시간뿐만 아니라, 절정을 지나서 그것도 한참이나 지나서 더없이 빈곤해지는 시간까지 포함한 시간이라는 것. 계절로 치면 풍성한 여름이 아니라 삭막한 겨울까지 포함한 시간이라는 것. 요컨대 진하게 강렬한 시간뿐만 아니라 있는지 없는지조차 희미할 정도로 맑아지는 시간까지 다다라서야 나올 수 있는 말. 어쩌면 그게 시의 말이지 않을까. 동지섣달 차가운 밤하늘을 날아가는 새가 '매섭게' 일러주는 말도 거기서 크게 비껴 난 말은 아닐 것이다.

김 1998년 『시와사상』으로 등단. 시집 『숨쉬는 무덤』 『거인』 『소설을 쓰자』
언 『모두가 움직인다』 『한 문장』 『너의 알다가도 모를 마음』 『백지에게』를
펴냈다.

연꽃 만나고 가는 바람같이

섭섭하게,
그러나
아조 섭섭치는 말고
좀 섭섭한 듯만 하게,

이별이게,
그러나
아주 영 이별은 말고
어디 내생에서라도
다시 만나기로 하는 이별이게,

연꽃
만나러 가는
바람 아니라
만나고 가는 바람같이……

엊그제
만나고 가는 바람 아니라
한두 철 전
만나고 가는 바람같이……

만남과 이별을 묵연하게 바라보는 슬기

문태준

서정주 시인의 많은 시 가운데서도 이 시는 내가 여러 번에 걸쳐 오랫동안 음미하면서 읽는 시이다. 읽을 때에 슬프고 가슴 아픈 것이 물결처럼 일어나기도 하지만 어찌된 일인지 흥얼흥얼하게도 된다. 무엇보다 내 마음의 골짜기 안쪽에서 산울림처럼 잔잔한 파동의 긴 여운을 안겨 준다. 그리고 자꾸 읽다 보면 이 시에는 세상의 온갖 인연을 강하고 세찬 감정 없이 찬찬히 바라보려는 슬기가 돋보인다. 사람을 만나는 일이든 이 세계의 다른 존재를 만나는 일이든 헤어지는 때가 어쩔 도리 없이 반드시 돌아온다. 연두의 잎이 새로이 돋고 색색의 꽃이 활짝 피고 열매를 맺은 이후에는 조락의 긴 시간이 필히 찾아오듯이.

그리고 모든 존재는 꺼진 불처럼 사라지게 되는데 그런 일을 겪을 때에도 이 시는 단연 큰 위로를 준다.

우리의 삶에서 만남과 이별이 거듭되고 거듭되는 일은 인연의 아주 구체적인 내용일 테다. 그렇다면 그러할 적에 우리가 누군가와 어떻게 관계를 하고 살아야 하는지를, 만남에 대한 기대와 별리로 인한 아쉬움과 서운함을 어떠한 마음으로 바라보아야 하는지를 시인은 이 시를 통해 담담하게 들려준다.

뿐만 아니라, 마음을 사용하되 마음을 두거나 접고 거두는 일, 미래의 기약에 대한 기대의 높고 낮음, 설렘과 그 상반된 것으로서의 섭섭함, 격렬한 것과 부드럽고 순한 것 등에 대한 여러 결의 생각을 전반적으로 낮게 흐르는 여음餘音 목소리를 통해 드러낸다.

누군가를 만나고 난 후에 서로 헤어져 떠나올 때엔 섭섭한 마음이 들지 않을 수 없다. 헤어져 돌아오는 순간, 그 즉시 벌써 그리움이 마음에 쌓이고 쌓인다. 그러나 헤어짐에 대해 지나치게 섭섭한 마음을 갖는 일은 오히려 마음의 고통을 불러오고, 마음을 크게 상하게 한다. 심지어 만남 자체에 대한 두려움과 재회를 기피하는 마음을 일으킬 수도 있다. 그렇다면 어떻게 마음을 지녀야 할까. 시인은 이별로부터 생겨나는 섭섭함에 마음을 다 쏟아 기울지 말고 감내할 정도의 미련을 두자고 권한다. 2연에 표현하고 있듯이 지금 당장에는 이별할 수밖에 없더라도 어떤 이별이든 영원한 이별은 결코 아닐 것이라고 믿기 때문이다.

그리하여 시인은 2연에서 다시 만나는 재회의 때를 지금의 생이 아니라 다음 생으로까지 열어두고 확장하는 담대한 사유를 보여 준다. 이 대목은 특히 서정주 시인의 다른 시편에서도 엿볼 수 있는 가치인 시공간의 순환성과 환생, 윤회 같은 불교적 인식이 그 바탕에 자리를 잡고 있는 것이 아닐까 한다. 다시 말해, 이 세상에 태어나기 이전의 세상, 지금 이 세상, 죽은 뒤에 다시 태어나서 살게 된다는 미래의 세상 등 삼세三世에 걸친 윤회를 믿고 받아들이는 시인의 불교적 안목이 이러한 시행의 전개를 낳은 것으로 이해된다.

또한, 이 시에서 시인이 지속적으로 강조하는 마음의 상태는 더할 수 없을 만큼 막다른 지경, 즉 극極의 상태를 지양하는 것이어서 무엇에든 얽매이거나 구속되지 않는 무심無心에 있는 것으로 보인다. 안정되고 고요하며 순연한 상태에 있는 마음의 상태를 시인은 지향하고 있다고 생각된다. 이것을 꼼꼼히 살펴보자.

1연의 "아조 섭섭치는 말고"에서의 '아조', 2연의 "아주 영 이별은 말고"에서의 '아주'와 '영' 등은 극의 상태에 처해 있는 시어라고 볼 수 있다. 그런데, 시인은 이러한 상태에 처해지는 것을 부정하고 배제하려는 의지를 더 애써 노출한다. 마지막 연에서 누군가의 만남을 "한두 철 전"의 일로 두자고 한 것도 헤어짐으로 인한 애석함과 슬픔의 상태를 극한의 상태에 두지 않고 그것을 누그러뜨리고 묽게 하여 마음의 격랑이 없이 이별을 묵연히 바라보려는 의지가 담겨 있다고 하겠다.

물론 만남과 이별의 서사를 '바람'에 견준 것 또한 이와 같은 의지와 그 맥락을 같이 한다고 이해해도 좋을 듯하다. 만남과 이별 그것에 대해 애착을 두지 않으려는 뜻에서 '바람'이라는 시어를 고른 것으로 짐작된다. 이리로 저리로 흘러 움직이고 옮겨 가거나 또는 여러 방향으로 흩어지는 것을 특징으로 하는, 아울러 어느 것에도 구속되지 않는 '바람'의 활동에 실어서 만남과 이별의 일을 노래했다고 볼 수 있는 것이다.

불교의 경전 『숫타니파타』에는 많은 사람들에게 익히 알려진 다음의 말씀이 실려 있다.

큰 소리에 놀라지 않는 사자와 같이,
그물에 걸리지 않는 바람같이,
흙탕물에 젖지 않는 연꽃같이,
저 광야에 외로이 걷는 무소의 뿔처럼 홀로 가라.

이 말씀에서도 그러하지만 불교의 경전에서 '바람'은 속박

됨이 없는 마음을 뜻하는 경우가 많다. 마찬가지로 이 시에서도 결국 집착하려는 의욕을 꺾고 만남과 이별을 받아들임으로써 다만 순순히, 있는 그대로의 인연을 받아들이면서 동시에 잠잠히 마음을 유지하려는 시인의 뜻이 '바람'이라는 시어를 선택하게 되는 데에 어느 정도 영향을 준 것으로 여겨진다.

이 시는 겉으로는 사랑의 감정을 표현한 연애시의 느낌을 충분히 아름답고도 애틋하게 보여 주기도 하지만, 눈에 띄지 않는 그 내리內裏에는 마음을 닦는 차원의 것과 극의 상태를 지양하려는 것과 불교의 윤회설 등 묵중한 예지가 함께 들어 있다고 생각한다.

한 번 읽음으로써 한 편의 시의 속뜻이 전부 이해되는, 비유하자면 대낮의 밝은 빛에 내놓은 듯 샅샅이 그 속뜻이 드러나는 시는 아마도 매력이 적을 것이다. 읽을 때마다 이 시가 매력적인 까닭도 이 시가 결코 단선적이거나 단일한 이해와 해석에 도달하도록 허용하지 않는다는 점 때문일 테다.

앞서 밝힌 대로 나는 이 시를 두고두고 읽는다. 그만큼 이 시에는 훨씬 깊은 수심水深의 사려가 디딤돌처럼 놓여 있다. 사는 동안엔 만남과 이별이 되풀이되므로 이 시는 그럴 적마다 내 마음이 위안을 얻으려 찾아 읽는 시로 남을 것이다.

서정주 시인은 이 시를 1964년에 『현대문학』 6월호에 「무

제無題」로 발표했다. 이후 1968년에 출간한 시집 『동천』에 「연
꽃 만나고 가는 바람같이」라는 제목으로 실었다.

문
태
준
1994년 『문예중앙』으로 등단. 시집 『수런거리는 뒤란』 『맨발』 『가재미』
『그늘의 발달』 『먼 곳』 『우리들의 마지막 얼굴』 『내가 사모하는 일에 무
슨 끝이 있나요』 『아침은 생각한다』 등을 펴냈다.

무無의 의미

이것은 꽃나무를 잊어버린 일이다.

그 제각祭閣 앞의 꽃나무는 꽃이 진 뒤에도 둥치만은 남어
그 우에 꽃이 있던 터전을 가지고 있더니
인제는 아조 고갈해 문드러져 버렸는지
혹은 누가 가져갔는지,
아조 뿌리채 잊어버린 일이다.

어떻게 헐까.
이 꽃나무는 시방 어데 가서 있는가.
그러고 그 씨들은 또 누구누구가 받어다가 심었는가.
그래 어디어디 몇 집에서 피어 있는가?

지난번 비 오는 날에도
나는 그 씨들 간 데를 물어 떠나려 했으나 뒤로 미루고 말았다.
낱낱이 그 씨들 간 데를 하나투 빼지 않고 물어 가려던 것을
미루고 말았다.

그러기에 이것은 또 미루는 일이다.

그 꽃씨들이 간 곳을 사람들은 또 낱낱이 다 외고나 있을까?
아마 다 잊어버렸을는지도 모른다.

그렇다면 이것은 외고 있지도 못하는 일.

이것은 이렇게 꽃나무를 잊어버린 일이다.

한 사람의 꽃나무

박소란

얼마 전 한 사람을 떠나보냈다. 도시 외곽 화장장에서 곱게 갈린 그의 몸을 안고 산으로 향하던 시간이 있었다. 낯선 산으로 향하는 내내 나는 가루가 된 몸에 남은 열기를 고스란히 느꼈다. 가만히 서 있기만 해도 상복 안으로 흥건하게 땀이 고이는 8월 중순. 이토록 뜨거운 몸을 당장 보내도 괜찮은 것일까, 며칠을 더 지내며 차게 식기를 기다려야 하는 게 아닐까, 고민하기도 했지만 그럴듯한 방도를 알지 못했다.

자동차를 타고 좁고 험한 길을 한참 동안 달려 당도한 선산에는 몇 채의 봉분이 가지런히 누워 있었다. 잠시 잠에서 깨어 커다란 눈을 끔벅이며 맞은편 등마루를 건너다보는 것도 같았다. 그곳에 이르러 내가 본 것은 봉분 곁에 빽빽이 늘어선 각기 다른 종의 나무들이었다. 어떤 나무는 그늘 아래 서서 끊어진 거미줄 가닥을 드리우고 있었고, 어떤 나무는 병든 몸통 위 안간힘으로 싱싱한 잔가지를 뻗어 올리고 있었다. 어떤 나무는 몸을 구부려 옆의 다른 나무들과 기꺼이 뒤엉켜 있었다. 또, 어떤 나무는 너무 늙어 있었고 어떤 나무는 너무 야위어 있었다. 이 나무 저 나무를 한참 기웃거리다 한 그루 커다란 소나무 아래 나는 멈춰 섰다. 나이를 가늠할 수 없는 소나무는 하늘을 향해 곧게 뻗어 있었는데, 비탈에서도 흐트러지지 않은 자세가 몹시도 믿음직해 보였다. 그 나무 아래, 둥치로부터 한 걸음 물러선 곳에 소중한 사람을 묻었다. 두 손 가득 뼛가루를 움켜쥐자 열기가 흰 장갑을 뚫고 생생히 전해져 왔다. 좀처럼 식지 않는 사람의 몸. 사람의 뼈. 사람의 영혼. 다행이라고, 그리움이 쌓일 때마다 여기 나무 아래로 달려와 울면 되겠다고, 그런 생각을 하며 묻고 또 묻었다. 나무가 그에게도 나에게도 위안이 되어 주리라. 이제 나는 다른 무엇도 아닌 나무에 기대고 있구나. 내 몫의 무거운 짐을 엉뚱한 곳에 전가한 것인지도 모르지. 이런저런 생각을 뒤로 한 채 나는 돌아섰다. 괜스레 어물거리며 나무로부터 멀어졌다.

집으로 돌아온 얼마 뒤 「무의 의미」를 읽었다. 조금쯤 넋을 잃고 무심결에 넘긴 책장과 책장 사이 「무의 의미」를 발견하고서 흠칫 놀랐던 것도 같다. 얼마 전 나는 이 시를 가지고 짤막

한 산문을 쓰기로 약속했었는데. 약속을 한 그때는 아직 한 사람이 세상에 살아 있을 때, 병상에 누워 하루하루 시들어갈 때. 미당의 여러 훌륭한 시편들 가운데 나는 왜 하필 이 시를 택했던 것일까. "제각祭閣 앞의 꽃나무"라니……. 제각 앞에 꽃나무를 심어 둔 마음과 그것을 서서히, 그리고 아주 잊어버린 마음이라니. (과연 잊어버렸을까?) 쉽사리 헤아릴 수 없는 그 마음이 나를 멈칫거리게 만들었을 것이다. "이렇게 꽃나무를 잊어버린 일이다." 단정하는 사람의 마음속에는 오래 묵은 울음이 비밀처럼 고여 있을 테지, 간신히 짐작할 뿐.

그러나 지금에 와 나는 「무의 의미」를 택한 것을 후회한다. 이토록 아픈 시를. 제목부터 마지막 문장까지, 당분간 나는 이 시를 읽기 위해 명치에 한껏 힘을 주어야 할 것이다. "그 씨들 간 데를 하나투 빼지 않고 물어 가려던 것을 미루고 말았다.// 그러기에 이것은 또 미루는 일이다." 읊조리며 세월의 더께를 먹고 색을 잃어갈 소나무와 소나무가 선 자리를 가물가물 잊고 도시의 주변을 뜻 없이 맴도는 나의 머지않은 나날들을 떠올려야 할 것이다.

사람이 사람을 떠나보낸 뒤의 마음에 대해 생각한다. 이런 마음도 아주 처음은 아니라서 지난 시절 나는 내가 겪었던 크나큰 이별과 그 후의 시간을 반사적으로 복기해 낸다. 애도哀悼라고 해도 좋을지. 그 이별 후에 나는 어쨌더라? 그때 나는 감히 살고 싶지 않았는데. 소중한 이를 보내고 남아 살아가는 일, 그런 일은 안 된다고 여겼었는데. 그렇지만 나는 온전히 살았고, 어쩌면 제법 잘 살기까지 했다. 시시로 한 사람의 영정을 껴안고 울던 때, 영정 앞에서 갖가지 두서없는 말들을 기도 삼아 중얼거리던 때가 있었는데. 그리고 얼마나 지났을까. 어느 날 문득 나는 그런 생각을 했었다. 먼지가 슬며시 내려앉은 영정을 보며, 더는 먼지가 앉지 않도록 보자기에 싸서 서랍 깊은 곳에 넣어 두어야겠다고. 그러면서, 그런 스스로에 사뭇 놀라면서, 나는 영정 속 얼굴을 보다 그만 슬픔에 젖은 그 눈을 피해 버렸다. 정말이지 이런 걸 애도라고 해도 좋은 것일까.

죽음은 어째서 이토록 쉬운지. 이별은 어째서 이토록 흔한지. 잇따라 겪게 되는 이별들로 인해 삶은 지나치게 서글픈 것임을 새삼 깨닫는다. 하루하루 그저 비어가는 것임을.

제각 앞의 꽃나무를 그린다. "이 꽃나무는 시방 어데 가서 있는가." 어느새 자취를 감춘, 모두가 잊어버린 나무. 하지만 이대로 아주 끝일 수 있을까. 처음 꽃나무를 심은 마음에 대해 더듬는다. 그로부터 조금씩 사라지고 지워진다는 것. 빈 마음이 된다는 것. 설령 그렇다 해도 이것이 아주 헛되고 덧없음은 아닐 것이다. 빈자리가 있다면 그 자리에는 분명 또다시 차오르는 것이 있을 것이다. 당장 눈으로 보거나 귀로 듣지 못할지라도 무언가, 누군가 분명 있을 것이다. '무無'로써 소생한!

나는 어쩔 수 없이 이 시를 재차 탐독한다. 명치에 한껏 힘을 주고서. 찬찬한 문장과 문장은 물론, 사이사이 몹시도 깊은 여백마저 애정하지 않을 수 없지만, 이 시에서 내가 가장 애정하는 대목은 바로 제목이다. "무의 의미"라는 말. 무의 의미, 무의 의미……. 텅 빈 후에도 어떤 의미가, 가치가 존재한다고 이야기해 주는 것처럼. 스산한 바람이 속을 할퀴고 지날 때마다 나는 주문처럼 이 네 음절을 곱씹게 될 것이다. 비어 있으면서 동시에 가득 찬 무언가를 그리며. 몇 해 전 나도 주변의 꽃나무를 빌려 한 편의 작은 시를 쓴 적이 있다. 시의 마지막은 이렇다. "말갛게 떨어진 잎사귀를 가만히 주워 든다/ 죽은 건지 산 건지 모른다// 몇 장은 버리고/ 몇 장은 말려 서랍 깊숙이 약처럼 넣어 둔다". 제목은 「한 사람의 꽃나무」라고 적었다.

박소란 2009년 『문학수첩』으로 등단. 시집 『심장에 가까운 말』 『한 사람의 닫힌 문』 『있다』 『수옥』을 펴냈다.

저무는 황혼

새우마냥 허리 오구리고
누엇누엇 저무는 황혼을
언덕 넘어 딸네 집에 가듯이
나도 인제는 잠이나 들까.

굽이굽이 등 굽은
근심의 언덕 넘어
골골이 뻗히는 시름의 잔주름뿐,
저승에 갈 노자도 내겐 없느니

소태같이 쓴 가문 날들을
역구풀 밑 대어 오던
내 사랑의 보 또랑물
인제는 제대로 흘러라 내버려두고

으시시히 깔리는 머언 산 그리메
홑이불처럼 말아서 덮고

엣비슥히 비끼어 누어
나도 인제는 잠이나 들까.

체험된 감동의 침묵

박형준

이 글을 쓰기 위해 장사익의 「황혼길」이란 노래를 듣는다. 미당 서정주의 「저무는 황혼」에 곡을 입힌 것이다. 장사익은 오래 전 한 신문과의 인터뷰에서 이 시를 '구부정하게 허리 굽은 늙은 엄마가 세상 떠나시는 노래'라고 하였다. 즉, 그는 이 시의 상황을 어머니의 임종 과정으로 보고 있다. 그런 관점으로 그의 노래 「황혼길」을 듣다 보면, 딸네 집에서 하룻밤 묵으며 황혼의 산 그림자를 홑이불처럼 말아서 덮고 나도 인제 잠이나 들까 읊조리는 어머니의 중얼거림에서 형용할 수 없는 지극한 평온함이 느껴진다. 이 시의 화자 '나'를 죽음을 앞둔 회한에 찬 늙은 아버지가 아닌 노모로 본 장사익의 해석은 기막히다. 그래서 장사익의 노래에서 미당이 말한 상가수가 연상된다. 죽은 자를 저승으로 인도하는 상가수는 자신의 음성으로 노래를 부르는 자가 아니라 죽은 자의 음성으로 노래를 부르는 자이다.

나는 미당의 「저무는 황혼」의 시적 화자 '나'가 당연히 남자라고 생각하고 있었는데, 장사익을 통해 여성일 수도 있겠다는 발상의 전환과 마주하고서 새삼스럽게 미당의 언어가 지닌 그 크기와 진폭에 놀란다. 나의 한 스승은 미당의 시를 '봄에 농사를 지으려고 쟁기로 생땅을 갈아엎을 때 나는 생기로운 냄새'에 비유했는데, 「저무는 황혼」의 시적 화자를 어머니로 읽는 순간 죽음이 관조적 비유가 아니라 실제 체험처럼 사실의 힘으로 내 영혼을 파고 든다. 그리고 이 시의 화자를 '어머니'로 볼 수 있는 근거는 또 있겠다는 생각을 한다. 해가 넘어가는 시간을 배경으로 하고 있는 미당의 「어머니 – 어머니 날에」라는 시에서

어머니의 임종을 내버려두고
벼락 속에 들어앉아 꿈을 꿀 때에도
네 꿈의 마지막 한 겹 홑이불은
영원과, 그리고는 어머니뿐이다

의 '어머니의 임종', '홑이불' 등의 시어가 「저무는 황혼」의 시어와 유사하기 때문이다. 굳이 꼭 이러한 시어의 유사성까지 들어가며 「저무는 황혼」의 시적 화자가 남자가 아니라 여성이라는

근거로 삼을 필요는 없을 것이다.

미당은 인생이 불운할수록 그것이 오히려 보약이 된다는 사실을 말하였다. 그는 불혹不惑을 한 개인이 체험할 수 있는 절망과 불운을 모두 다 짭짤하게 겪고 그것을 삭여 낸 뒤 벅차게 세상을 열어젖히는 나이로 보았다. 미당이 6·25 전쟁이 일어나고 정신착란이 오던 '견디기 힘든 지옥의 날들'의 경험을 반영한 시가 「저무는 황혼」이었다는 점도 불운을 보약(시)으로 바꾼 사례로 들 수 있다. 그래서일까. 그는 서구의 리얼(real)과 연결시켜서 '신비, 운명, 회고, 구신求神'이 포함되는 확장된 현실관을 피력하기도 하였다.

마음속에서는 체험한 내용이 귀중하면 귀중할수록 거기 안 어울리는 언어의 운집雲集에 대해서는 늘 반발하는 것이니까.
하여, 이 꿀 먹은 벙어리가 그의 보고 느낀 감동에 알맞은 언어의 예물을 마련할 때 우리는 이것을 비로소 시라 할 수 있으리라.

그는 『시문학원론』(정음사, 1969)에서 감동의 문제도 언급하고 있다. 그는 소중한 경험은 거짓말과는 달리 바로 말해질 수가 없으며 오랜 기간 꿀 먹은 벙어리 상태로 '그 체험된 감동의 침묵'을 기초로 하여 숙성되어져야 한다고 강조한다. 그럴 때 비로소 어느 날 자신의 보고 느낀 감동에 알맞은 "언어의 예물"이 장만되어질 것이라는 이야기다.

　내가 「저무는 황혼」을 좋아하게 된 시기 역시 체험과 관련된다. 내 시집 『생각날 때마다 울었다』는 아버지의 임종이, 『불탄 집』은 어머니의 임종과 관련된 시집인데, 나는 부모님의 임종을 지키지 못하였다. 그 무렵 나는 불운과 비애라는 단어에서 벗어나지 못했다. 어린 시절에 고향을 떠나온 뒤 나는 도시에 살면서 사십을 넘어서도 직장과 생활 모두 부초浮草와 같이 떠돌이를 거듭해 어디 한곳에 정착하기가 힘들었다. 지금 되돌이켜 보면 그런 것들이 타인과 유리된 오로지 나의 에고와 세상 탓에서 비롯된 것들이 대부분이어서 부끄러운 것들이다. 시골 집에서 어머니의 품 안에서 돌아가신 아버지와 뇌혈관 질환으로 병원에서 형수의 품 안에서 임종한 어머니. 부모의 임종을 지키지 못했다는 사실이 오랫동안 나를 괴롭게 하였다. 위의 두 권의 시집은 그에 대한 나의 죄책감을 씻고 부모를 기억하고자 한 속죄의 서글픈 발버둥이었다.

　그러던 어느 날 미당의 시를 읽다가 이 시가 새삼 눈에 띄었다. 눈물이 나기 전에, 먼저 가슴이 꽉 메이는 시였다. 나는 내 위로 누나가 여섯, 형이 하나, 나는 막내다. 어머니는 살아생전 일 년이면 전국 사방에 떨어져 있는 딸네 집, 그리고 두 아들 집을 한 차례씩은 들렀다. 「저무는 황혼」을 읽으면 내 어머니가 떠오른다. 어머니는 가지 많은 나무 바람 잘 날이 없다는 옛

말대로 자식에 대한 걱정 근심으로 심장병을 앓아 그것을 다스리려고 늘 '소닷가루 아홉 말'을 먹었다는 말을 되뇌이시곤 하였다. 나는 「저무는 황혼」에서 쓰디쓴 소태나무 껍질에서 비롯된 '소태'나 가문 날들의 "역구풀 밑 대어 오던/ 내 사랑의 보 또랑물"이라는 구절에서 어머니의 그런 흔적을 발견한다. 또한 이 시를 읽으며 내가 살던 고향 정읍이 평야 지대임을 떠올린다. 어린 시절에 지평 너머로 깔리던 황혼을 향해 또래들과 걷던 생각이 난다. 저 지평 너머로 불탄 집처럼 펼쳐져 있는 황혼, 그때 우리들은 그 황혼의 집을 향해 왜 무작정 걷고 뛰었을까. 높은 산 대신 언덕이 있던 고향. 이 시를 읽으며 시와 상관없이 다시 어린아이가 되어 언덕을 넘어 지평에 펼쳐진 황혼 속을 걷고 있는 나 자신을 그려 본다.

또한 나는 이 시에서처럼 죽음을 "새우마냥 허리 오구리고/ 뉘엿뉘엿 저무는 황혼을" "언덕 넘어 딸네 집에 가듯이" 그렇게 평온하게 받아들이려면 얼마나 많은 근심이 있었을까 생각해 본다. 그래서 새우마냥 굽은 허리로 굽이굽이 등 굽은 근심의 언덕을 넘어가며 골골이 뻗히는 시름의 잔주름을 떠올리는 이 시의 화자에게서 나의 부모를 오버랩한다. 마음이 체험한 내용이 귀중하면 귀중할수록 그 체험된 감동을 토대로 언어의 예물이 마련될 때까지 꿀 먹은 벙어리의 상태로 지내라는 미당의 말이 「저무는 황혼」에 어른대는 듯하다. 뇌혈관 질환으로 임종할 무렵, 저승에 갈 노자도 없는 것처럼 모든 언어를 잃고 내 얼굴을 응시하던 어머니. 눈을 깜박거리면서 아득하게 기억을 더듬던 모습이 이 시의 서두와 말미에서 "나도 인제는 잠이나 들까"라는 시행과 겹쳐서 말이다.

박형준

1991년 한국일보 신춘문예로 등단. 시집 『나는 이제 소멸에 대해서 이야기하련다』『빵 냄새를 풍기는 거울』『물속까지 잎사귀가 피어 있다』『춤』『생각날 때마다 울었다』『불탄 집』『줄무늬를 슬퍼하는 기린처럼』 등을 펴냈다.

선운사 동구

선운사 골째기로
선운사 동백꽃을 보러 갔더니
동백꽃은 아직 일러 피지 안했고
막걸릿집 여자의 육자배기 가락에
작년 것만 상기도 남었습디다.
그것도 목이 쉬어 남었습디다.

* 편집자주 ─ 5행의 '상기도'는 '아직도'(『예술원보』, 1967), '오히려'(『동천』, 1968),
'시방도'(『서정주문학전집』, 1972)와 함께 여러 번 고쳐 쓴 결과다. '고랑'은 '골째
기'로, '않았고'는 '안했고'로 고쳤다. 국내 유일의 서정주 친필 시비인 선운사 시비
(1974)의 표기를 반영했다.

선운사 동백

송찬호

1980년대 어느 해 봄, 배낭 하나 메고 선운사 동백을 보러 갔다. 정읍에서 버스를 갈아타고 한참 달려, 선운사 입구 종점에 내려 절까지 걸었다. 가는 길에 일주문 못미처 길옆에 있는 시비가 눈에 띄었다. 미당의 육필로 새겨진,「선운사 동구」였다.

「선운사 동구」는 스무살 즈음 처음 읽었다. 그 시절 막 시에 관심을 가질 때여서 모든 시가 경이로워 보였지만, 동백에 대한 빼어난 이미지의「선운사 동구」는 특히 가슴에 더 와닿았다.

시비 앞에 서서 돌에 새겨진 시를 읽으니 새삼스러웠다. 금방 시에 몰입되었다. 시 속 화자처럼, 필자도 "선운사 골째기"로 동백을 보러 오지 않았는가. 어느새 필자도 시 속 누군가가 되어, "아직 일러" 피지 않은 동백을 찾아 선운사 골짜기를 헤매고 있었다.

　사실은, 시비 앞에서 오래 머무르지 않았다. 시에서는 아직 일러 피지 않은 동백의 시간이 계속되지만, 현실에서는 꽃의 개화기여서 활짝 핀 동백이 저만치서 손짓해 부르고 있었기 때문이었다.

　여행 목적대로, 선운사 골짜기로 들어가 동백을 만났다. 대웅전 마당을 지나 도솔암까지 갔다가 돌아오면서 흐드러진 동백꽃 사이를 거닐었다. 동백은 붉다. 정념 그 자체일 뿐 아니라, 그 붉은 기운은 상서로움을 부르고 액운을 막는 주술적 역할도 한다. 게다가 꽃대에 붙어 그대로 시들거나 낱낱의 꽃잎으로 흩날리지 않고, 송두리째 뚝뚝 떨어져 내리는 마지막 목숨의 장엄함을 그 어디다 비길 수 있으랴.

　필자는 선운사 동백을 보러 가기 전에도 마냥 동백이 좋았다. 훗날 몇 해 동안 여수 향일암 동백을 보러 다니면서, 여러 편의 동백 시를 쓰기도 했다. 아무튼 그날 바로 시비 앞을 떠났지만 "육자배기 가락"의 시구는 머리에 남았다.

　한마디 덧붙이자면, 그 당시 필자는 육자배기 가락의 정서를 이해할 나이가 아니었다. 그때까지 제대로 그 노래를 들어본 적도 없었다. 육자배기는 남도를 대표하는 민요이다. 진양조의 느린 가락 속에 한恨과 흥興이 잘 어우러져 있다. 따라서 내로라하는 소리꾼들이 저마다 혼신을 다해 이 노랫마당을 펼쳤다. 필자는 나이 들어 민요에 가까이 가고 더러 육자배기도 듣게 되었는데, 안숙선의 꼿꼿한 소리도 좋지만 조공례의 활달한 소리에 더 마음이 기울곤 했다.

「선운사 동구」에서 "막걸릿집 여자"의 육자배기는 그런 전문 소리꾼의 기량에 미치지 못했을 터이다. 세파에 부대끼며 부평초처럼 떠돌다 막걸릿집에 들어앉은 여자의 넋두리나 사설조의 가락이 아니었을까. 아니다. 미당은 소리꾼의 소리보다도 더 절절한 육자배기 가락을 그 자리에서 들었을지도 모른다.

그렇기에 육자배기 가락에 남은 동백꽃 모습은 인상적이다. 고단한 생을 노랫가락으로 풀어내느라 고조되고 붉게 충혈되었을 쉰 목소리. 그런 신산한 삶의 소리로 육화된 동백이야말로 어떤 나뭇가지에서 핀 동백보다 더 붉지 않겠는가.

미당의 시 세계는 초기 시집부터 불교적 색채가 엿보인다. 제5시집 『동천』에 수록된 「선운사 동구」도 그 연장선에 있다. 시에서 선운사는 이름난 동백 군락지로서의 의미만 있는 게 아니라, 불교 도량으로서 삶의 어떤 진면목을 깨닫는 배경으로 작용한다. 아직 일러 피지 않은 동백꽃처럼 진리가 도래하지 않은 게 아니라, '작년 것'의 '쉰 목소리'로 진창의 땅에 이미 동백부처가 피어 있음을 깨닫게 하는 것이다.

선운사 입구에는 두 개의 일주문이 있다. 하나는 실재하는 것으로 삶의 괴로움을 내려놓고 부처의 세계로 들어가는 문이다. 다른 하나는 '선운사 동구'쯤에 서 있는 것으로 그 문을 넘어서면, 붉은빛으로 펼쳐지는 삶의 원형이 살아 숨 쉬는 신화의 공간이 기다린다. 어느 문으로 들어서건 미당의 「선운사 동구」와 만난다.

동백꽃은 세 번 핀다는 말이 있다. 나뭇가지에서 한 번, 땅에서 또 한 번, 그리고 사람들의 가슴속에서 다시 핀다고 한다. 언제 다시 꽃 피는 계절에 맞춰 선운사에 간다면, 시비도 찾고 배낭 하나 메고 떠돌던 젊은 시절과 그 옛 동백꽃도 다시 만날 수 있을까.

송찬호 1987년 『우리 시대의 문학』으로 등단. 시집 『흙은 사각형의 기억을 갖고 있다』『10년 동안의 빈 의자』『붉은 눈, 동백』『고양이가 돌아오는 저녁』『분홍 나막신』 등을 펴냈다.

마흔다섯

마흔다섯은
귀신이 와 서는 것이
보이는 나이.

참 대 밭 같이
참 대 밭 같이

겨울 마늘 낼
풍기며,
처녀 귀신들이
돌아와 서는 것이
보이는 나이.

귀신을 길를 만큼 지긋치는 못해도
처녀 귀신허고도
상면은 되는 나이.

마흔하나

이현호

"어떻게 지평좌표계로 고정하셨죠?" 요즘은 어디서 귀신 이야기를 하면 대번에 이런 대답이 따라붙는다. 과학 커뮤니케이터로 각광받는 '궤도'가 귀신의 존재를 재밌게 설명하며 한 말이 유행한 것이다. 나도 궤도의 팬으로서 귀신이건 뭐건 일단 과학적 잣대부터 들이밀고 보는 그의 모습을 좋아하지만, 이와 별개로 정말 귀신이 있다고 생각하면 마냥 웃을 일만은 아닌 듯 싶다. 무섭고 두려워서가 아니다. 만남 자체만으로 마음이 짠할 것 같아서다.

그곳이 명계冥界든 어디든 죽어서 있어야 할 곳에 있지 못하고, 끝내 있었던 곳으로 되돌아오는 귀신은 무엇을 얼마나 그리워하는 것일까. 차마 떠나지 못하는 마음에는 얼마나 깊은 여

163

한이 맺혀 있나. 만약 귀신이 실재한다면 여느 대중매체에서 소비되는 모양으로 공포감을 주는 끔찍한 존재는 아니리라. 오히려 세상 누구보다도 그 사연을 들어주어야만 하는 서글픈 존재겠지. 영화 따위에서 흐리고 뿌옇게 그려지는 귀신을 볼 때면, 그것은 꼭 거대한 눈물방울 같다. 다 마를 때까지 그의 이야기에 귀기울여야 할 것만 같다.

평소 내가 생각하는 귀신은 이렇다. 나는 제대로 이해는 못해도 과학을 좋아하고, 믿는 종교도 신앙이랄 것도 없어서 귀신의 존재는 믿지 않는다. 그렇지만 귀신이 있다면, 그것은 슬픔의 덩어리일 것만 같다. 미당의 「마흔다섯」을 처음 읽을 때도 그랬다. 나는 '귀신'을 '슬픔'으로 바꿔 읽었다. 귀신을 사전적 의미 그대로 받아들이면, 이 시는 〈전설의 고향〉의 한 장면이 될 뿐이다. 미당이 그런 시를 쓸 리 만무하니, 나는 귀신이 무엇을 비유하는지 고민했었다. '슬픔을 기를 만큼 지긋하지는 못해도, 슬픔과 상면은 되는 나이'라고 읽자 여간한 울림이 있었다. 마흔다섯에야 슬픔을 마주 볼 수 있다면, 그것을 지긋이 기르는 데는 또 얼마나 세월이 필요할까. 까마득하기도 했다.

「마흔다섯」의 귀신을 슬픔으로 읽었을 때가 언제인지 정확하게 기억나지는 않는다. 20대의 어느 날이었던 것은 틀림없다. 그때 읽었던 시를 마흔 줄에 들어서서 다시 읽는다. 올해 나는 만으로 마흔한 살이 되었다. 마흔 선상에 올랐지만, 슬픔과 상면할 용기는 아직 없다. 『논어』에서는 "사십이불혹四十而不惑" 이라는데, 술 한잔의 유혹조차 이기기가 쉽지 않다. 나잇값을 못하는 것이다. 그럴 때면 공자 시절과 또 미당이 살던 시대의 마흔은 현재의 마흔과 다르다며 자기 합리화한다. 그때와 지금 의 기대 수명이 다르니 슬픔과 상면하고 유혹에 흔들리지 않으 려면 적어도 예순 살은 넘어야 한다고 스스로 위로한다.

「마흔다섯」은 1959년 『사상계』 8월호에 발표되었다. 미당 은 1915년에 태어났으니, 그해에 미당은 우리 나이로 마흔다섯 이 되었다. 1960년 한국인의 기대 수명은 54.3세. 가장 최근 조 사인 2022년의 기대 수명은 82.7세다. 무려 29년 가까이 차이 가 난다. 그러니 미당이 이 시를 발표할 무렵에 마흔다섯이라는 나이는 그 무게감이 요즘과는 무척 달랐을 테다. 중위 연령을 따지면, 그 차이는 더 극명하다. 2024년 대한민국의 중위 연령 은 46.1세. 마흔다섯이면 자기보다 윗사람이 인구의 절반을 넘 는다. 어쩐지 어른이라고 하기에도 애매한 나이다. 1960년의 중 위 연령은 19.8세였다. 마흔다섯은 사회적으로 어엿한 어른이 었다. 물론 해마다 저절로 먹는 나이가 그에 걸맞은 어른의 인 격을 보증하는 것은 아니지만 말이다.

지금은 삶의 반환점 정도 되겠지만, 그 시대에 마흔다섯은 죽음의 그림자가 설핏 보일 나이였다. 그렇게 보면, 이 시의 귀 신은 죽음으로도 바꿔 읽을 수 있겠다. 귀신이야말로 죽음과 맞닿아 있는 존재니까. 온전히 받아들일 수는 없어도, 죽음이 다가옴을 인지하는 것. 죽음이 곁에 있음을 모른 척하지 않는 것. 이렇게 죽음을 염두에 두는 이와 그렇지 않은 이의 삶은 다를 수밖에 없다. 하루하루 그 시간이 지닌 의미와 가치가 다를 것이기 때문이다. 자기의 죽음이 아닌 타인의 죽음도 마찬가지다. 세상에는 귀신들이 돌아와 서듯이 불쑥 닥치는 죽음이 많다. 그중에는 귀신이 되고도 남을 만큼 억울한 죽음도 있다. 그 죽음을 기억하는 이는 그것을 잊은 사람처럼은 살 수 없다. 그런데 나는 내 죽음은 물론이고, 그 죽음들에서 눈을 돌리기 일쑤다. 나잇값은 제쳐두고, 인간 값을 못하는 것 아닌지 부끄럽다.

시를 거듭 읽으며 사십 대의 무게감과 나잇값을 생각하니, 부끄러운 일이 이만저만 아니다. 보통 이 나이면 사회적 책임과 더불어 아파트 대출금, 아이 교육, 노후 대비, 연로한 부모님의 돌봄 문제 등을 걱정해야 할 텐데, 그런 것들은 내 고민과는 거리가 멀다. 내 근심거리라야 시가 잘 써지지 않는다는 것과 이기지 못하는 술을 너무 자주 마신다는 것이다. 돌이켜보니 아버지는 지금 내 나이에 중학생인 두 자녀를 길렀다. 나는 결혼은 커녕 혼자 사는 일만으로도 힘에 부친다. 새삼 아버지가 대단하게 느껴진다. 어디 우리 아버지뿐이랴마는, 택시 운전을 하며 식구들이 잠든 새벽에야 귀가하던 아버지의 모습이 떠올라 마음이 찡하다. 그 시절 일을 마치고 새벽 서너 시쯤 집으로 돌아온 아버지는 항상 라면을 끓여 드셨다. 그때까지 몰래 컴퓨터게 임을 하다가 혹은 부엌에서 달그락거리는 소리에 잠에서 깨어 아버지와 마주칠 때면, 나는 멋쩍게 "오셨어요?"라고 한마디할 뿐이었다. 당시 아버지와 지금 내가 만날 수 있다면, 술 한잔 사 드리며 하고 싶은 이야기가 많다.

아버지를 떠올리니 「마흔다섯」의 귀신은 추억으로도 읽힌 다. 그 추억은 대부분 이제는 만날 수 없게 된 사람들에 얽힌 것 이다. 예전에는 떠올리는 것 자체가 괴로워서 애써 외면했는데, 요즘은 조금 다르다. 떠오르면 떠오르는 대로 내버려두고, 가끔 은 슬며시 붙잡기도 한다. 그래서인지 그들이 꿈에 나오는 일도 잦아졌다. 오래 안 보였거나 잊고 있던 그이가 나오면 반가울 때도 있다. 그래도 아주 슬픔이 가신 것은 아니어서 지긋이 기 르기에 추억은 아직 버겁다. 그저 상면이나 되는 정도랄까.

슬픔으로, 죽음으로, 추억으로 바꿔 읽으니 「마흔다섯」의 귀신은 그동안 보이지 않았거나 보지 못했던 것들의 비유 같다. 미당은 왜 마흔도 쉰도 아니고, 어중간하게 마흔다섯을 노래했 을까. 마흔 줄도 얼마간 살아 보고, 쉰이라는 나이도 어렴풋이 보이는 시기. 마흔과 쉰 사이의 딱 중간. 이런 경계를 말하고 싶 었던 것은 아닐까. 귀신은 경계의 존재다. 이승도 저승도 아닌 그 경계에 머무는 자. 귀신같이 보이지 않고 보지 못했던 것을 보려면, 여기를 벗어나 저기로 가야 한다. 적어도 여기와 저기의 경계까지는 나아가야 한다. 귀신과 마흔다섯은 그 경계의 다른 이름은 아닐는지.

어제는 어머니한테 추석에는 어쩔 거냐는 연락이 왔다. 추석에는 꼭 오고 평소에도 전화 좀 자주 하라는데, 보고 싶다는 말은 없지만 나를 보고 싶어 하는 줄 알겠다. 그러고 보면 지긋이 기른 것은 언제나 그리움의 대상이 된다. 지긋이 기른 것은 늘 그립다. 부모와 자식 간의 그것에 빗댈 바는 아니지만, 내게는 십 년 넘게 같이 산 고양이들이 그렇다. 1박 2일로 여행만 가도 눈에 밟힌다. 해가 갈수록 눈덩이처럼 커지는 추억 속의 당신들도 그렇다. 귀신과 상면은 되는 것이 어느 경계에 도달하는 일이라면, 그리워질 줄 알면서도 지긋이 기르는 것은 그다음 경계에서의 일일 테다. 어쩐지 그곳은 참대밭같이, 참대밭같이 있을 것만 같다. 겨울 마늘 냄새를 풍기며, 내가 돌아가 서야 할 곳인 듯하다. 마흔다섯에는, 마흔다섯이면.

이현호

2007년 『현대시』로 등단. 시집 『라이터 좀 빌립시다』 『아름다웠던 사람의 이름은 혼자』 『비물질』을 펴냈다.

나그네의 꽃다발

내 어느 해던가 적적하여 못 견디어서
나그네 되여 호을로 산골을 헤매다가
스스로워 꺾어 모은 한 옹큼의 꽃다발
그 꽃다발을 나는
어느 이름 모를 길가의 아이에게 주었느니.

그 이름 모를 길가의 아이는
지금쯤은 얼마나 커서
제 적적해 따 모은 꽃다발을
또 어떤 아이에게 전해 주고 있는가?

그리고 몇십 년 뒤
이 꽃다발의 선사는 또 한 다리를 건네어서
내가 못 본 또 어떤 아이에게 전해질 것인가?

그리하여
천 년이나 천오백 년이 지낸 어느 날에도

비 오다가 개이는 산 변두리나
막막한 벌판의 해 어스럼을
새 나그네의 손에는 여전히 꽃다발이 쥐이고
그걸 받을 아이는 오고 있을 것인가?

저 꽃은 받았어야 했을까

이병률

미당의 시를 읽을 때는 머릿속에 불이 들어온다. 불이 켜진다. 혈색이 돈다.

미당은 숙명으로 날것을 문다. 매서운 눈빛으로 토하듯 써 내려 간다. 그에겐 황홀일 것이며 스스로 몸속으로 스며드는 거룩함일 것이다.

시력詩歷만으로 시대를 호령했던 호랑이, 미당은 그런 시인이다. 미당은 혈穴이다.

초원에서 말 타는 아이를 만났다. 말을 타고 있다기보다는 어딘가로 가려고 말에 올라타 있는 것이리라. 아이도 걸음마보다 말 타는 법을 먼저 배웠을 것이다. 아버지나 어머니와 말을 타고 이동할 때면 앞자리에 앉아 있었으니 걸음마보다 말타기

를 먼저 배웠다는 말이 나왔을 것이다. 아이가 사라진 곳 저 너
머로 샘물이 솟고 있을 것이다.

아이가 말을 타고 지나간 길 위에 잠시 앉는다. 드넓은 초
원에 나무 한 그루 없지만 해는 적당하다. 초원에는 바람 스치
는 일이 있으나 초원에는 스쳐야 할 아무것도 없다.

나는 자주 늘 내가 아이였을 때를 떠올린다. 황량했고 건조
했으며 갈증뿐이었던 십대의 나는 말은커녕 자전거도 타지 못
했다는 생각에 미친다.

그렇더라도 저 꽃은 받았어야 했을까.

내 어느 해던가 적적하여 못 견디어서
나그네 되어 호을로 산골을 헤매다가
스스로워 꺾어 모은 한 옹큼의 꽃다발
그 꽃다발을 나는
어느 이름 모를 길가의 아이에게 주었느니.

그 이름 모를 길가의 아이는
지금쯤은 얼마나 커서
제 적적해 따 모은 꽃다발을
또 어떤 아이에게 전해 주고 있는가?
— 미당의 시, 「나그네의 꽃다발」 중 1연과 2연

「나그네의 꽃다발」은 인류의 영혼을 순환시킨다. 일체의 억제를 풀어 경계를 없애고 혼란을 잠재운다. 지상의 아주 작은 것에서 온기를 갈구하고 희망하도록 직조된 이 시는 다음 세대에게 꼭 쥐어 준 편지다. 저 장구한 외침은 흔들림이 없다. 이 꽃다발을 영속의 시간 동안 건네주고 건네받는다면 앞으로 전쟁도 그보다 더한 싸움도 없을 것이다. 적어도 천 년 동안에는.

미당은 나그네가 되어 세상을 뒤덮을 힘을 뿌린다. 마치 들꽃의 씨앗들을 바람이 이리저리 날려 지상에 내려앉히듯 찬란히 힘을 뿌려 낳는다.

미당의 시는 그래서 높다. 높은 것으로 압도한다. 그러므로 나머지 시인들이 쓸 수 없는 것들이 있다.

어떤 시 앞에서의 어떤 감동은 팽창으로 이어지는데 그 압력은 개안開眼을 분비한다. 그리고 쓸 수 없는 것들을 쓰기 위해서라는 가정을 앞세워 나는 이렇게 미당의 아름다운 시에 이어서 쓴다.

저 먼 곳에서 절벽의 허리를 타고 내려오는 아이가 있어
가만히 눈을 치켜뜨고 올려다보면

아이는 허리춤에 바구니를 메고
휘청휘청 몸을 버티며 내려오는데

바구니에 가득 삐져나오는 것은
언뜻 봐도 들풀이나 약초이겠거니 싶다
그 무슨 사연이 가득한 바구니길래
한꺼번에 쏟아질 듯
폭발이라도 하려는 듯 가득한가

원하는 것을 어떻게든 가질 수 있는 힘
그 진동으로 다른 사람 되어
세상을 다 가지라는 명령이 들린다면야
무엇이 문제이겠는가
이것이 감당해야 할 사람의 일
물려줄 것이 있다면 그것은 벅찬 일이다

마음을 뿌리째 내어줘도 될 것 같은 저녁이
저기 멀리서 온다
아이와 함께 무구한 저녁이
어둑어둑 들썩이며 온다
　　　　　　　—졸시, 미당의 시 「나그네의 꽃다발」을 이어쓰기 함

　시를 쓰면서 나는 다음 세대를 아프게 떠올린다. 저런 힘으
로 세상을 구할 구원자를 떠올린다. 인류를 추동하는 힘은 어제

를 갚고 갚는 것일 터.

그리고 몇십 년 뒤
이 꽃다발의 선사는 또 한 다리를 건네어서
내가 못 본 또 어떤 아이에게 전해질 것인가?

그리하여
천 년이나 천오백 년이 지낸 어느 날에도
비 오다가 개이는 산 변두리나
막막한 벌판의 해 어스름을
새 나그네의 손에는 여전히 꽃다발이 쥐이고
그걸 받을 아이는 오고 있을 것인가?
— 미당의 시, 「나그네의 꽃다발」 중 3연과 마지막 연

"어떤 아이에게 전해질 것인가"라는 외침은 "그걸 받을 아이는 오고 있을 것인가"의 다른 질문으로 연결되어 번진다. 우리 삶이 미래에 연관되어 있다면 그 힘으로 초원을 걸어야 한다. 우리 영혼의 간절한 요구는 세상의 법칙과는 교차를 피할 테니 풀을 꺾고 들꽃을 꺾어 다음 세대를 위한 시를 엮어야 한다.

어느새 길을 걷다가 하나씩 꽃을 꺾어 손에 쥐니 다발이 된다. 연결이다. 그렇다. 말을 타고 사라진 아이는 만날 길이 없

고 나는 가만히 꽃들을 그러모아 풀잎으로 동여맨다. 이 꽃다발
은 어린 시인들에게 건네야 한다. 미당의 이 시 속에 뿌리내린
아담한 평화를 뿌리째 뽑아 덤으로 건네야 한다.

이
병
률

1995년 한국일보 신춘문예로 등단. 시집『당신은 어딘가로 가려 한다』
『바람의 사생활』『찬란』『눈사람 여관』『바다는 잘 있습니다』『이별이
오늘 만나자고 한다』『누군가를 이토록 사랑한 적』을 펴냈다.

내가 심은 개나리

"참한 오막살이집 모양으로 아주 잘 가꾸었습죠. 이걸 기른 할아버지는 돌아가시고 할머니만 남아 있는데, 혼자 보기는 어렵다고 자꾸 캐 가라고만 해서 가져온 나무닙쇼."

내가 올 이른 봄에 새로 사서 심은 개나리 꽃나무를 꽃장수는 내게 팔며 이렇게 말했다.

그래, 나는 이 개나리 꽃나무에서 또다시 이승과 저승의 두 가지를 나란히 갖는다. 혼자서도 인제는 똑바로 보고 있는 할아버지의 저승과, 똑바로는 아무래도 볼 수가 없어 얼굴을 모로 돌리고 있는 할머니의 이승을……

내 뜰에 와서 살게 된 개나리 꽃나무 귀신

　첫 봄날, 사당동의 어느 빈터의 정원수 가게 옆을 지나며 보니, 장비 팔뚝만 하게 굵직한 둥치 위에 우산을 씌운 듯한 모양의 개나리 노목 한 그루가 두두룩히 눈에 들어서, 부르는 값대로 만 원인가를 주고 사서 우리 집 뜰에 옮겨다가 심었는데, 그 꽃나무 장수는 그만큼 한 값을 받은 것이 무에 그리 좋은지 쐬주라도 한두 잔 들이켠 듯한 눈망울로, 묻지도 않은 그 개나리 꽃나무의 역사 이야기를 대략 다음처럼 늘어놓고 있었습니다.

　"살다가 보면 별일도 다 있지, 별일도 다 있어! 과천 산골째기의 마을 집들을 기웃거리면서 '꽃나무 파시요! 파시요!' 웨장치고 가노라니깐, '일루 들어오슈' 어떤 할망구가 문간에 나와 서서 부르기에 따라 들어가 보았더니, 그 꽃나무가 별 딴 나무가 아니라 바로 이 개나리더군요. '이건 죽은 우리 집 영감이 여러 십 년을 두고 매만지며 가꾼 것이라오. 영감이 간 뒤 나만 혼자 남아서 이걸 보고 지내자니 속이 언짢아서 이러우. 그러니 값 달라군 안 할께 어서 냉큼 캐내나 가시구려' 하는 것 아닙니까. 살다가 별일도 다 있지, 별일도 다 있어!"

그리하여 이 개나리 꽃나무에 붙은 귀신은 인제는 자기의 홀로 남은 늙은 마누라의 곁을 떠나서 할 수 없이 우리 집 뜰의 한 귀퉁이에 옮겨져 와 놓여 살면서 한 시름을 겨우 풀게는 되었는데, 곰곰 생각해 보자면, 이것, 꽃나무 귀신 노릇도 설 자리를 옮겨가며 하긴 해야겠구먼요.

아주 먼 옛날 개나리 꽃나무 씨앗 이야기

권승섭

열매

　외할머니는 자주 호두나 추자를 반질반질하게 만들어 내게 주시고는 했다. 호두나 추자 두 알을 손에 쥐고 오랫동안 문지르다 보면 거친 표면에 윤이 나게 된다. 할머니는 늘 지압용으로 손에 쥐고 계신데, 몇 달 혹은 몇 년씩이고 문지른 그것을 받을 때면 묘한 기분이 든다. 단순히 열매 두 알의 의미가 아니라 그것을 매만진 시간과, 긴 시간에 걸쳐 변형된 의미를 품고 있기 때문이다.

　사물에 깃든 내력에 대해 자주 생각한다. 그것을 누구에게 받았고, 그것을 어떻게 받게 되었고, 그것이 어떻게 만들어졌는지 때마다 기억한다. 사물뿐만 아니라 생명력을 가진 것들까지도 모두 각각의 기억들을 간직하고 있다고 느낄 때가 많다. 돌아가신 외할아버지의 성경책, 어느 날 갑자기 대문 위에서 자라기 시작한 오동나무, 십 년 넘게 길렀던 금귤나무, 처음 산 카메라 등등.

무엇 하나 내력을 가지지 않은 것이 없기에 이 세계의 부분들은 흔적들로 바글거리고 있고, 끝없이 기록들이 저장되고 있으며, 서정주 시인에게는 그것이 개나리 꽃나무라는 생각이 든다. 서정주 시인의 「내가 심은 개나리」(『서정주문학전집』, 1972)와 「내 뜰에 와서 살게 된 개나리 꽃나무 귀신」(『안 잊히는 일들』, 1983)은 같은 기억 혹은 같은 상황으로 쓰인 두 편의 시로 보이지만, 제법 긴 시기를 두고 각각 다른 시집 속에 수록되었다.

두 편의 시 속 개나리는 긴 역사를 가지고 있다. 시 속에 등장하는 죽은 할아버지는 수십 년 동안 정성으로 나무를 가꾸었으며, 개나리의 내력은 아내인 할머니에게 남게 되었고, 할머니는 개나리의 내력을 꽃장수에게 전달하고, 꽃장수는 화자에게 전한다. 어떤 물건이 사람과 사람의 손을 거쳐 세습되듯 개나리 꽃나무는 여러 번 주인을 바꾸며 이동하고 있고, 많은 이야기를 간직하고 있다고 말할 수 있겠다.

마디

누군가를 만날 때면 많은 것을 질문 받는다. '어디서 샀어?' '어떻게 이렇게 잘 길렀어?' '이 사진 기억해?' '원래 이 자리에 다른 게 있었지?' 등등 무수한 질문의 방식으로 하루에도 몇 번씩 사물의 내력을 거슬러 올라간다. 그 처음은 내가 함께 한 처음(직접 만든 무언가)도 있을 것이고, 누군가에게 전해 듣는 방식(누군가에게 받은 무언가)도 있을 것이다.

서정주 시인의 시는 후자의 방식을 통해 전해지고 있고, 시를 읽는 독자에게도 개나리 꽃나무의 내력이 전달된다. 시 속에서 화자는 개나리 꽃나무의 내력을 묻지 않았지만, 꽃장수는 그 흔적을 전한다. 그러나 꽃장수가 가진 기억들은 개나리 꽃나무에 대한 모든 기억이 아니며 정확하다고 말할 수도 없다. 꽃장수는 나무의 값을 잘 받아 신이 났지만, 할머니에게는 죽은 남편 생각이 나서 치우고 싶은 것이기 때문이다.

기억의 속성은 개나리 꽃나무의 특징과 이어진다. 고정된 물건과 달리 식물은 계속해서 변모한다. 해마다 새잎이 나고, 꽃이 피고 지고, 어제와 오늘의 개나리 꽃나무도 다를 것이다. 죽은 할아버지가 '참한 오막살이집 모양으로' 잘 가꾼 것에서 멈춰 있지 않고 나무는 변화한다. 그렇기에 이는 기억의 속성과 연결되며, 꽃나무의 주인이 바뀔 때마다 그 의미와 마음도 바뀌어 왔다고 할 수 있다. 변화에 조금 더 집중해 보고 싶다.

꽃나무를 가져가라 말한 할머니에게도, 꽃장수에게도, 이른 봄에 꽃나무를 산 화자에게도 이 이야기는 이미 먼 과거가 되었다. 그렇기에 개나리 꽃나무는 여러 시간을 이동해 왔다고 할 수 있다. 또한 각각 다른 시간 속에 여전히 속해 있으며, 시간뿐만 아니라 공간의 이동도 시에서 중요하게 작용하고 있다. 단순히 개나리 꽃나무를 옮겨 심은 것(이쪽과 저쪽)의 의미를 넘어 '이승과 저승'으로까지 구분된다.

고목

집안의 종택에는 몇백 년 전의 목판들과 문집, 일기를 보관하고 있는 서재가 있다. 오랜 세월만큼 많은 사람의 손을 거쳐 전해 내려왔다. 모든 것은 오래될수록 낡고 해지고 녹슬며 그 기능을 잃게 되기도 하지만, 오래될수록 더 큰 의미를 가지게 되는 것들이 많다고 느낀다. 오래되어 가치가 생긴 물건들의 공통점은 지금, 현재, 이때의 의미보다는 과거, 그때, 그 사람의 의미가 크게 작용한다는 것이다.

나무는 더더욱 그 의미가 큰 것 같다. 하루아침에 거목이 되거나 아름다운 모양이 되지 않기에 긴 시간과 손길이 필요할 것이다. 앞서 언급한 종택 근처에는 집안 어른이 유배지에서 가져온 향나무가 있다. 나무 기둥이 기울게 자라 지지대가 가지를 받치고 있는 모양새다. 그 모습은 마치 가지들이 먼 곳으로 향해 가는 것 같기도 하고, 누군가를 기다리는 모습처럼 보이기도 한다.

향나무가 어떻게 심기게 되었는지, 어떤 과정을 거쳐 독특한 형태로 자랐는지는 알지 못한다. 서정주 시인의 시 구절처럼 '(나의) 이승과 (집안 어른의) 저승의 두 가지를 나란히 갖는' 것이다. 다시 「내가 심은 개나리」와 「내 뜰에 와서 살게 된 개나리 꽃나무 귀신」에 주목하고 싶다. 두 시는 모두 '이승과 저승'에 대한 시선으로 마무리된다. 이승과 저승, 산 자와 죽은 자 사이를 개나리 꽃나무가 연결 짓는다.

특히 할머니가 개나리 꽃나무를 얼른 캐 가라고 말하는 문장을 읽으면, 마치 나무가 죽은 할아버지 그 자체로 읽히기도 한다. 사람은 이미 죽었지만, 살아 있는 개나리 꽃나무를 통해 죽은 자를 거듭 회상하게 만드는 것이다. 물론 개나리 꽃나무는 현재를 말하는 측면에서 의미를 가지고 있지만, 한편으로는 일련의 시간성을 다른 방식으로 뒤집어 놓는다. 먼 과거를 현재로 불러오고, 과거를 되짚게 만들며, 과거 현재 미래의 시간성을 뒤바꿔 놓는다.

씨앗

내게는 나무에 대한 또 다른 기억들이 있다. 주기적으로 나무의 빈자리를 느끼고는 했는데, 주로 나무가 사라진 기억들이다. 어릴 적 자주 사진을 찍던 집 앞 은행나무가 모두 베였던 일, 초등학교 운동장에 있던 이백 년 된 느티나무가 베였던 일, 산

위에 있던 고등학교의 벚꽃나무가 모두 베였던 일 등등. 나무들은 이제 그 자리에 존재하지 않지만, 여전히 내게 중요한 기억으로 남아 있다.

내력의 주체인 나무는 존재하지 않지만, 소멸마저도 하나의 내력으로 남아 있다는 것이 재미있는 지점이라는 생각이 든다. 마치 산 자가 죽은 자를 그리워하듯이, 어렴풋한 나무의 이미지를 종종 떠올린다. 반대로 서정주 시인의 시에서 할아버지는 존재하지 않지만, 개나리 꽃나무가 죽은 자를 대신하며 기억을 불러오는 요소가 된다. 나무의 생명력이 중요하게 기능하고 있는 것이다.

또 하루는 방에서 책을 뒤적이다가 마른 잎사귀를 발견한 적이 있다. 다른 날에는 상자들을 정리하다 조약돌을 잔뜩 발견하기도 하고, 조개나 나뭇가지를 찾아내기도 했다. 어딘가로 갈 때마다 무언가를 종종 주워 오는 버릇이 있어서 이따금 방에서 그것들을 발견한다. 별것 아니지만 그것들을 보면서 본래 있던 곳을 떠올린다. 서해안의 갯벌, 강원도의 백사장, 경기도의 어느 산속, 집 앞 공원 등등.

아주 작은 것들까지도 거대한 역사들을 불러온다. 개나리 꽃나무 한 그루가 여러 공간을 떠올리게 하고, 여러 시가 되게 만드는 것처럼 말이다. 「내가 심은 개나리」와 「내 뜰에 와서 살게 된 개나리 꽃나무 귀신」에 등장하는 여러 마음과 내력은 무엇 하나 눈에 보이지 않고, 개나리 꽃나무 자체만 존재할 뿐이지만, 시의 언어를 통해서 그 흔적들이 계속 기록되어 있다는 생각이 든다.

　세상에는 많은 개나리 꽃나무가 있고, 개나리 꽃나무가 될 씨앗들이 있지만, 서정주 시인의 시를 읽으면 "우산을 씌운 듯한 모양의" 그 개나리 꽃나무를 상상하게 만든다. 한 번도 본 적 없는 나무지만, 두 편의 시를 통해 어쩐지 내게 중요한 기억으로 남은 기분이 든다. 그렇기에 서정주 시인의 시를 읽는 감상과 마음까지도 개나리 꽃나무에 대한 하나의 내력이 될 것이다.

권
승
섭
　　2023년 동아일보 신춘문예로 등단.

감나무야 감나무야 내 착한 감나무야

한백양

서효인

양안다

여세실

윤제림

김민정

이혜미

장석남

신부新婦

　신부는 초록 저고리 다홍치마로 겨우 귀밑머리만 풀리운 채 신랑하고 첫날밤을 아직 앉아 있었는데, 신랑이 그만 오줌이 급해져서 냉큼 일어나 달려가는 바람에 옷자락이 문돌쩌귀에 걸렸습니다. 그것을 신랑은 생각이 또 급해서 제 신부가 음탕해서 그 새를 못 참아서 뒤에서 손으로 잡아다리는 거라고, 그렇게만 알곤 뒤도 안 돌아보고 나가 버렸습니다. 문돌쩌귀에 걸린 옷자락이 찢어진 채로 오줌 누곤 못 쓰겠다며 달아나 버렸습니다.

　그러고 나서 사십 년인가 오십 년이 지나간 뒤에 뜻밖에 딴 볼일이 생겨 이 신부네 집 옆을 지나가다가 그래도 잠시 궁금해서 신부 방 문을 열고 들여다보니 신부는 귀밑머리만 풀린 첫날밤 모양 그대로 초록 저고리 다홍치마로 아직도 고스란히 앉아 있었습니다. 안쓰러운 생각이 들어 그 어깨를 가서 어루만지니 그때서야 매운재가 되어 폭삭 내려앉아 버렸습니다. 초록 재와 다홍 재로 내려앉아 버렸습니다.

오해받는 일의 즐거움

한백양

서정주 선생의 시를 처음으로 접한 것은 고등학교 때 읽은 「자화상」이었다. '애비는 종이었다'니, 시에 대한 모호한 호감 밖에 없던 시절의 나로서는 충격이 아닐 수 없었다. 한편으로는 조금 억울했다. 왜 우리 아버지는 종이 아니라 어부인가. 종이었다면 나도 시를 좀 잘 쓰지 않았을까. 나중에는 그냥 고개를 끄덕였다. 요즘 시대에 종이 어딨다고, 어부만으로도 아버지 인생이나 내 인생이나 고단하기는 매한가지인데.

삶이 혹독하게 시작된다는 느낌은 늘 나 자신을 갉아댔다. 삶이 어떻게 흐르든 나는 나쁜 선택을 더 많이 하는 것 같았다. 대학생이 되었을 때도 그렇고, 어영부영 살아가는 게 더이상 통하지 않는 군대 전역 후에도 그랬다. 혹독하게 살아가는 게 나의 업보 같았다.

시를 쓰는 일 또한 마찬가지였다. 대학 복학 후 서정주 선생의 시집을 정말 많이도 읽었다. 그때 나는 전통 서정시를 쓰고자 노력했는데, 그래서인지 더더욱 서정주의 시편에서 느껴지는 유려하면서도 전통적인 미감에 빠져들었다. 한편으로는 그래서 더 가혹한 합평을 직면해야 했다. '세련' '전위' 등 나로서는 도무지 동의할 수 없었던 지적 속에서 헤매다가 문우들에게 하소연하기 일쑤였다. 왜 내 시를 이해해 주지 않느냐. 왜 나를 알아주지 않느냐. 돌이켜보면 "시를 써야 시가 된다"고 말씀하신 서정주 선생과 달리, 그저 내가 쓴 시를 인정받기 위해 급급한 나날이었다.

정작 시를 열심히 쓴 것은 대학 졸업 후였다. 학교로부터 멀어졌다는 다급함과 달리, 삶의 질박함은 오히려 내게 참을성을 길러 주었다. 나는 이미 늦었고, 기왕지사 늦은 거 얼마나 늦어지는지 한번 두고 보자. 오기였지만 다시 시를 쓰기 시작하면서 가만히, 고요히, 내 안을 들여다보고 또 들여다봤다. 그때 다가온 시가 「신부」였다.

물론 이 시는 전부터 알고 있던 시였다. 그런데 웬일인지 어느 순간 시 속의 신부가 자꾸만 눈에 밟혔다. 오해하고 떠난 신랑의 머리끄덩이를 잡으러 나서지도 않고, 그 밤의 기다림을 수십 년 동안 이어간 고집. 사실은 내게도 이러한 고집이 필요하다고 느끼고 있었는지도 모르겠다. 누가 나를 알아주지 않아도 내 고집대로 쓰고 또 쓰는 것. 쓰다가 막히면 책을 펼치고, 더 좋은 시를 쓰는 사람들을 힐끗대면서 내면을 채우는 것. 사람들에게 이해받거나 인정받지 못해도 즐거움이 샘솟았다.

작품을 투고하고 떨어지는 지루한 나날이었지만, 즐거움은 가시질 않았다. 신랑을 기다리는 신부처럼 매일 시를 쓰고, 고쳤다. 어떤 날은 이게 다 무슨 소용인가 싶고, 또 어떤 날은 하루쯤 쉬고 싶었지만, 그러지 않았다. 누가 알아주지 않아도 해야만 할 일이었다. 누가 내게 어떤 마음으로 버텼냐고 묻는다면, 역시나 신부의 기다림 같은 것이라고 대답하겠다. '오해받을지언정, 나는 틀리지 않았다.' 이러한 확신만 있다면 시를 포기해야 할 이유는 없으니까.

"매운재가 되어 폭삭 내려앉"은 신부처럼 올해 나는 시인이 되었다. 아니, 정말로 시인이 되었나. 불현듯 치미는 의심은 뒤로 하고, 소위 말하는 시를 쓰고, 발표하는 사람이 된 것만은 분명하다.

참고 견디라는 말은 누구나 할 수 있지만, 참고 견디기 위해 무엇이 필요한지를 알려 주는 사람은 드물다. 내게 그것을 알려 준 사람이 바로 서정주 선생이다. 「신부」라는 시에서 이미 말하고 있지 않은가. 너는 지금 하던 일을 계속하라.

지금까지 오해하고, 오해받으며 살아왔다. 그러다 문득 쓸

거리가 생기면 쓰는 것이 나였고, 지금의 나고, 앞으로의 나일 것이다. 그러므로 나는 계속할 작정이다. 나 자신에 대한 확신이 있는 한, 오해 따위가 나를 막아 세울 수는 없다. 아니 오히려 오해받고 싶다. 그러다가 불쑥 내가 틀리지 않는 순간이 올 거라고 믿기 때문이다.

> 덧없이 바래보든 벽에 지치어
> 불과 시계를 나란이 죽이고
>
> 어제도 내일도 오늘도 아닌
> 여기도 저기도 거기도 아닌
>
> (……)
> 벽 차고 나가 목메어 울리라! 벙어리처럼,
> 오— 벽아.

이 시는 서정주 선생의 동아일보 신춘문예 등단작 「벽」이다. 나는 명확한 것을 벽이라 부른다. 벽은 깨트려야 하고, 벽을 부수는 사람에게 오해는 "남루"(「무등을 보며」)에 불과할 뿐이다.

시인은 벽을 허무는 사람이다. 「벽」 속 화자의 내면과 「신부」 속 오해를 부수는 신부의 절개가 같은 결로 읽힌다면 나만의 착각일까. 착각이면 또 어쩌랴. "매운재"일지언정, "초록 재와 다홍 재"로 아름답게 쌓일 수만 있다면, 선생께 배운 신념을 유지할 수만 있다면, 나의 자잘한 시들도 언젠가는 오해 너머로 나아갈 수 있지 않을까. 결국 내가 바라는 건 하나다. "귀밑머리만 풀린 첫날밤 모양 그대로 초록 저고리 다홍치마로 아직도 고스란히 앉아 있었"던 신부처럼 끝까지 신념을 지키는 것.

그러다 언젠가 서정주 선생을 만나는 날에 실없는 농담을 할 수도 있겠지. "제 아버지는 좋은 아니었지만 어부였습니다." "선생님, 요즘 신부는 참지 않습니다."

예끼, 하고 혼내는 선생 몰래 낄낄대는 그날을, 나는 즐겁게 기다린다.

한백양   2024년 동아일보와 세계일보 신춘문예로 등단.

해일海溢

　바닷물이 넘쳐서 개울을 타고 올라와서 삼대 울타리 틈으로 새어 옥수수밭 속을 지나서 마당에 흥건히 고이는 날이 우리 외할머니네 집에는 있었습니다. 이런 날 나는 망둥이 새우 새끼를 거기서 찾노라고 이빨 속까지 너무나 기쁜 종달새 새끼 소리가 다 되어 알발로 낄낄거리며 쫓아다녔습니다만, 항시 누에가 실을 뽑듯이 나만 보면 옛날이야기만 무진장 하시던 외할머니는, 이때에는 웬일인지 한 마디도 말을 않고 벌써 많이 늙은 얼굴이 엷은 노을빛처럼 불그레해져 바다 쪽만 멍하니 넘어다보고 서 있었습니다.

　그때에는 왜 그러시는지 나는 아직 미처 몰랐습니다만, 그분이 돌아가신 인제는 그 이유를 간신히 알긴 알 것 같습니다. 우리 외할아버지는 배를 타고 먼 바다로 고기잡이 다니시던 어부로, 내가 생겨나기 전 어느 해 겨울의 모진 바람에 어느 바다에선지 휘말려 빠져 버리곤 영영 돌아오지 못한 채로 있는 것이라 하니, 아마 외할머니는 그 남편의 바닷물이 자기 집 마당에 몰려 들어오는 것을 보고 그렇게 말도 못하고 얼굴만 붉어져 있었던 것이겠지요.

해일처럼 이야기가

서효인

　요즘은 해일이라는 말 대신에 쓰나미(つなみ)라는 일본어를 더 익숙하게 쓰는 것 같다. 쓰나미라고 하면 거대한 말뜻 그대로 거대한 지진 해일이 떠오른다. 우리는 가까운 일본이나 남아시아에서 벌어졌던 거대한 자연재해를 미디어로 접해 알고 있다. 그것은 격노한 신의 매질 같았다. 운명이라 할 만큼 피할 수 없었고, 가혹하다 할 만큼 파괴적이었다. 미당에게 해일은 지금 우리가 떠올리는 쓰나미는 아닌 것 같다. 미당의 해일은 그보다는 은근하고 나릿나릿하다. 그것은 사방을 괴물처럼 덮고, 해안가를 쓸어버리고 사람의 목숨을 위협하지 않는다. 그것은 "개울을 타고 올라와서 삼대 울타리 틈으로 새어 옥수수밭 속을 지나서 마당에 흥건히 고"인다. 확실히 쓰나미는 아니다.

이것은 해일이고, 미당의 말이다. 고로 우리 할머니, 할아버지의 말이기도 하다.

질마재에 닥친 해일은 지진 해일이 아닌 폭풍 해일로 보인다. 전라도 서남 해안에는 큰 규모의 태풍과 만조가 겹칠 때 바닷물이 원래의 경계에서 훨씬 안쪽으로 치닫는 일이 종종 있다. 미당의 시에서 인물들은 큰 태풍과 해일 앞에서 초조함과 급박함을 느끼지 않고 오히려 덤덤하다. 어린아이에게 덤덤함은 그런 날 "망둥이 새우 새끼"를 찾고 "종달새 새끼 소리가 다 되어 알발로 낄낄거리"는 일일 것이다. 그렇다면 어른은 어떠할 것인가. 바닷물이 넘쳐 마당까지 침범했으니 치우고 정리해야 할 일이 산더미였을 것이다. 혹여 바닷물이 고이지 않고 집 안까지 들어오려나 싶어 노심초사할 것이다. 천둥벌거숭이처럼 뛰노는 손주 녀석이 걱정되어 단속하려 들 것이다. 그러나 어인 일인지 외할머니는 가만히 바닷물을 쳐다보고만 있다. 그것도 "늙은 얼굴이 엷은 노을빛처럼 불그레해져"서 말이다.

해일이 일어난 날 "이빨 속까지 너무나 기"뻤던 아이는 훗날에 알게 된다. 뱃사람이었던 외할아버지가 겨울 어느 바다에서 돌아오지 못했다는 사실을. 외할머니는 마당까지 들어온 바닷물을 남편의 흔적이나 안부로 받아들인 것이었다. 죽음은 죽음이고 바다는 바다일 뿐인데, 이것은 남편을 잃은 외할머니의 과한 바람 아닌가. 혹은 외할머니를 바라본 화자의 왜곡되고 과장된 기억이 아니겠는가. 하나 이 시가 실린 시집의 제목이 '질마재 신화'라는 점에서 외할머니의 인식과 아이의 회상은 진실에 가깝다. 자연재해로서 해일이 신의 파괴적 속성을 보여 준다면, 시적 상상력 안에서 해일은 신화의 로맨틱한 면모를 부각한다. 그리하여 시의 절정은 각 문단 마지막에 배치되었다고 볼 수 있다. 붉어진 외할머니의 얼굴이다. 그녀의 얼굴은 "엷은 노을"이 되었다. "그렇게 말도 못하고 얼굴만 붉어져 있었"다.

어떤 시인은 비범한 이야기꾼과 다름없다. 우리가 사랑하는 많은 시는 그 안에 겹겹의 이야기를 품고 있고, 우리 삶에 영향을 미친 많은 시인은 제 안의 이야기를 풍성하고도 정갈하게 독자에게 건넨다. 이야기는 시의 직관적인 구성요소로 손꼽히지는 않지만 우리는 시를 읽을 때 시 안의 이야기를 발견하려 애쓴다. 각각의 방법으로 발견하고 해석해 낸 이야기를 내 삶의 이야기와 겹쳐 본다. 절묘하게 겹친 부분에 공감 어린 용기를 얻고 미세하게 어긋난 부분에 새로운 감각과 정서를 얻기도 한다. 근래에 많은 시가 이야기를 감추거나 없애는 방식으로 저마다의 실험에 도전하고 성공한다. 그럼에도 우리는 끝없이 시에서 이야기를 찾고자 한다. 우리가 '해석'이라 부르는 시 읽기의 태도는 사실 이야기로의 탐구와 여행에 가까울지도 모른다.

『질마재 신화』는 유려한 탐구 대상이자 광대한 여행지이다. 시인의 고향이지만, 원시의 공간 같기도 하고, 전통적인 마을이지만 세상에 존재하지 않은 미지의 장소로 보이기도 한다. 하여 「해일」을 다시 읽으면, 이 마을에 기상학적인 의미의 해일이라는 사건이 일어나긴 한 것인가 하는 의문이 든다. 마을의 울타리와 밭뙈기를 넘어 마당까지 들어온 바닷물, 더는 들이차지 않고 얌전히 고여 있는 바닷물, 새우와 물고기를 잡을 수도 있게 맑은 바닷물……. 그것은 무엇일까. 그리움이 만든 환영이었을까, 신비한 현상이었을까.

시는 언제나 삶을 그리지만, 시는 역시 언제나 삶을 우회한다. 미당은 특히 삶의 전면을 정확하게 전달하기보다는 삶의 뒤편을 까무룩 상상하게 만들기를 택한다. 그렇지 않은 경우(흔하지 않지만) 시는 실패한다. 「해일」이 실려 있는 시집 『질마재 신화』는 삶 뒤편의 삶이라서 진짜 삶이라 할 그것을 갯벌 그득한 해안처럼 부려 놓는다. 해안과 가까이 붙은 능선을 그려 놓는다. 해안과 능선이라니, 그곳에 모인 사람이라니, 그들의 삶이라니, 해일이라니, 할머니라니……. 이런 것들이 이야기 안에서 뒤섞여 질서 아닌 질서를 이루는 장면이 미당의 시다.

사실 나 또한 해일을 겪은 적이 있다. 학교에 들어가기도 전의 일이므로 희미한 기억으로 남아 있을 뿐이다. 그날 미당의 시처럼 바닷물이 뭉근하게 가재도구가 놓인 바깥 부엌까지 들이쳤다. 부엌은 할머니의 것, 뉴스는 속보로 태풍 소식을 다급하게 알렸다. 할머니는 진도에서 태어나 목포에 살았다. 할머니는 며칠 전에도 이러한 일이 있었다는 태도로 무릎까지 차오른 물을 바가지로 퍼냈다. 나는 물이 닿지 않는 방의 안쪽에 옹송그리고 앉아 뉴스와 할머니를 번갈아 보았다. 할머니는 나더러 가만 있으라 하였다. 미당의 시처럼 그리운 이를 떠올리며 홍조를 보이지는 않는 듯했다.

나는 이 장면을 시로 쓸 수 있을까. 미당의 시를 읽기 전이었다면 다소나마 수월했을지도 모른다. 부질없는 생각이다. 할머니의 얼굴색을 떠올려 본다. 무언가 쓸 수 있을 것도 같다는, 믿음 혹은 착각이 들이닥친다.

서효인 2006년 『시인세계』로 등단. 시집 『소년 파르티잔 행동 지침』 『백 년 동안의 세계대전』 『여수』 『나는 나를 사랑해서 나를 혐오하고』 『거기에는 없다』를 펴냈다.

그 애가 물동이의 물을
한 방울도 안 엎지르고 걸어왔을 때

그 애가 샘에서 물동이에 물을 길어 머리 위에 이고 오는 것을 나는 항용 모시밭 사잇길에 서서 지켜보고 있었는데요. 동이 갓의 물방울이 그 애의 이마에 들어 그 애 눈썹을 적시고 있을 때는 그 애는 나를 거들떠보지도 않고 그냥 지나갔지만, 그 동이의 물을 한 방울도 안 엎지르고 조심해 걸어와서 내 앞을 지날 때는 그 애는 내게 눈을 보내 나와 눈을 맞추고 빙그레 소리 없이 웃었습니다. 아마 그 애는 그 물동이의 물을 한 방울도 안 엎지르고 걸을 수 있을 때만 나하고 눈을 맞추기로 작정했던 것이겠지요.

사랑과 신비

양안다

나는 미당이라는 호보다 서정주 시인이라 부르는 것을 선호한다. 별다른 이유가 있는 건 아니고 그냥 '시인'이라고 부르는 게 더 편하기 때문이다.

기억에 의하면 서정주 시인의 작품을 처음으로 읽은 건 「자화상」이었다. 교과서를 통해 알게 된 시였다. 내가 「자화상」을 읽고 서정주 시인이나 그 작품에 매료되었다면 이 산문을 쓰기에 좋았겠지만, 아쉽게도 그러지 않았다. 당시 나에게 문학은 학업의 영역이었고, 나는 예술보다는 축구와 게임에 관심이 많은 학생이었다. 그래도 "애비는 종이었다"라는 문장과 "스물세 해 동안 나를 키운 건 팔할이 바람이다"라는 문장을 읽고 짧은 생각에 잠겼던 것을 기억한다. '스물세 살이 되었을 때 나를 키

운 건 무엇일까?'

나는 집과 학교가 아니라 밖에서 많은 시간을 보내는 학생이었다. 늦은 밤부터 새벽까지 아무도 없는 거리를 혼자 돌아다니곤 했다. 딱히 이렇다 할 이유도 없었다. 밤의 거리에서는 보고 싶은 것과 보기 싫은 것을 동시에 볼 수 있었다. 서정주 식으로 표현하자면, '스무 해 동안 나를 키운 건 팔할이 거리'였다.

시를 쓰면서 서정주 시인의 『질마재 신화』를 읽었다. 어쩌다가 그 시집을 읽게 되었는지는 잘 기억나지 않는다. 그저 시 공부를 한답시고 찾아 읽은 여러 시집 중 하나였을 것이다. 나는 어느 시인을 떠올릴 때 가장 먼저 읽은 시집이 유독 인상에 남는 편인데, 그래서인지 서정주 시인 하면 곧장 『질마재 신화』가 생각난다.

이 시집에 실려 있는 「그 애가 물동이의 물을 한 방울도 안 엎지르고 걸어왔을 때」는 사랑이 곳곳에 널려 있다고 이야기하는 시이다. 이렇게 말하면 누군가는 언성을 높일지도 모르겠다. 어쩐지 사랑이라는 감정이 특별하지 않고 아무나 주워갈 수 있는 흔하디흔한 것처럼 느껴지기 때문이다. 그러나 내가 생각하는 사랑은 바로 그런 것이다. 지극히 평범한 것. 어디에나 있기에 다른 것과 구분할 수 없는 것.

어떤 이는 사랑 노래를 지겨워한다. 마찬가지로 어떤 이는 사랑 시를 지겨워한다. 그동안 세상에 너무 많이 등장했기 때문인 걸까. 아니면 '예술 작품'으로 다루기에는 너무 얇은 소재라서 그런 걸까? 그것도 아니라면 유치하다고 여기는 걸까? 내 생각에는 이렇다. 세상에는 사랑이 흔하기 때문에 너무 많은 사랑이 노래 되었으며, 사랑은 우리가 생각하는 것보다 깊은 층위의 감정이 아니므로 얇아 보일 수 있다. 본래 사랑은 유치하기 때문에 자신의 사랑도 유치하다는 것을 인정하기 힘든 것이다.

우리는 사랑에 대해 선입견이 있다는 것을 인정해야 한다. 이를테면 사랑은 특별한 감정이라는 선입견. 이밖에도 "사랑"이라는 감정을 떠올리면 연인을 먼저 상상하는 것. 하지만 누군가는 가족과의 사랑을 좋아할 수 있으며, 반려견과의 사랑, 사물과의 사랑, 나 자신과의 사랑도 있을 수 있다. 내가 좋아하는 사랑은 연인이 아닌 인간과 인간 사이에서 이루어지는 사랑이다.

나는 어떤 사랑은 사람을 파괴할 수 있다고 믿는다. 반대로 어떤 사랑은 사람을 치유할 수 있다고 믿는다. 그러나 세상 이치가 그렇듯이, 치유는 오랜 시간이 걸리지만 파괴는 한순간이다. 마찬가지로 누군가와 사랑에 빠질 때는 오랜 시간이 필요하지만, 누군가를 포기하는 것은 찰나일 수도 있다. 이 시에 나오는 소녀처럼 물방울에 눈썹이 젖은 모습을 보여주기는 부끄럽지만, 젖지 않은 채로는 눈짓이라는 둘만의 암호가 생긴다. 이 암호는 타인이 해독할 수 없으며, 오랜 시간 동안 지속될 때는 둘만의 신비가 된다.

나는 사랑이 특별한 감정이라거나 신비 속에 있는 것이 아니라고 믿는다. 우리가 사랑을 신비하다고 믿는 이유는, 그렇게 믿고 싶은 이유는, 사랑이 신비 속에 있어서가 아니라 사랑의 대상이 신비 속에 있어서 그렇다. 다른 환경이나 이유는 전부 부차적인 문제이며 읽을 필요 없는 각주와 다를 바 없다. 우리는 사랑이라는 감정을 사랑하는 것이 아니라 그 대상을 사랑하기 때문이다.

당연한 말이지만 코끼리를 표현할 때 "코끼리"라는 단어를 사용하지 않는 것은 어려운 일이다. 그러나 그것이 예술의 일 중 하나다. 사랑해, 라고 말하는 것은 너무나 간단하다. 그러나 나의 사랑과 너의 사랑이 다를 것이다. 우리는 "사랑해"라는 같은 텍스트와 음성으로 각자의 사랑을 같은 층위에 놓게 된다. 나의 사랑과 너의 사랑이 다르다는 걸 표현하기 위해 예술 작품이 존재한다면 비약일까. 우리의 층위 다른 사랑을 위해 예술 작품이 존재한다면 사람들은 눈살을 찌푸리게 될까. "사랑해"라고 표현하는 대신 물동이의 물을 한 방울도 엎지르지 않는다고 표현하는 편이 더 신비에 가까운 것 아닐까.

나도 누군가에게 '젖은 눈썹'을 보이고 싶지 않은 적이 있었을 것이다. 나도 누군가의 '눈맞춤'을 이해하고, 서로의 눈짓을 공유한 적이 있었을 것이다. 그런 암호가 나와 상대에게 정서가 되고 신비가 된 적이 있었을 것이다. 사랑한다는 말 대신 우리만의 신비를 주고받은 적이 있었을 것이다.

'좋은 것'은 마음속에 한 번 들어오면 사라지지 않는다. 나와 상대의 암호가 신비가 되면 그것은 기억에서 쉽사리 사라지지 않는다. 길을 가다가 연인들의 애정 표현을 보았을 때「그 애가 물동이의 물을 한 방울도 안 엎지르고 걸어왔을 때」를 떠올리게 되는 것처럼 말이다. 세상에는 무수한 것들이 바뀌지만 전혀 바뀌지 않는 것도 존재하는 법이니까. 시대가 지날수록 인간은 감정에 무뎌지겠지만 끝내 사랑이라는 감정은 바뀌지 않을 것이다. 젖은 눈썹과 눈짓이라는 암호를 공유하듯 신비를 통해 사랑을 주고받는 과정도 바뀌지 않을 것이라고 믿는다.

양안다 2014년 『현대문학』으로 등단. 시집 『작은 미래의 책』 『백야의 소문으로 영원히』 『세계의 끝에서 우리는』 『숲의 소실점을 향해』 『천사를 거부하는 우울한 연인에게』 『몽상과 거울』을 펴냈다.

신발

나보고 명절날 신으라고 아버지가 사다 주신 내 신발을 나는 먼 바다로 흘러내리는 개울물에서 장난하고 놀다가 그만 떠내려 보내 버리고 말았습니다. 아마 내 이 신발은 벌써 변산 콧등 밑의 개 안을 벗어나서 이 세상의 온갖 바닷가를 내 대신 굽이치며 놀아다니고 있을 것입니다.

아버지는 이어서 그것 대신의 신발을 또 한 켤레 사다가 신겨 주시긴 했습니다만, 그러나 이것은 어디까지나 대용품일 뿐, 그 대용품을 신고 명절을 맞이해야 했었습니다.

그래, 내가 스스로 내 신발을 사 신게 된 뒤에도 예순이 다 된 지금까지 나는 아직 대용품으로 신발을 사 신는 습관을 고치지 못한 그대로 있습니다.

길들여지기를 거부하는 시

여세실

　스물셋이 되는 겨울에 나는 인도 대학의 기숙사 옥상에서 한 소년과 돛대를 나누어 피웠다. 처음 피워 보는 인도 담배는 떫고 매캐한 맛이 강했다. 옆 동의 기숙사 옥상에서는 학생들이 작게 불을 피우고 박수를 치며 춤을 추고 있었다. 리듬에 맞춰 발을 뻗는 사람들, 작은 불티들. 숨을 들이켜면 기숙사 옥상 위에 떠오른 별들이 내 몸속으로 쏟아질 것만 같았다.

　문과대학에서 동계 전공 연수를 신청해 가게 된 인도에서 나는 긴장하고 있었다. 영어로 수업을 듣고 현지 학생들과 친해질 수 있을지 고민이 되었다. 동기들과 2인 1실로 호텔에 묵으며 현지 한국어학과 학생들과 함께 수업을 듣고, 오후에는 필드에 나가 구경을 했다. 아침에 대절 버스를 타고 학교에 갈 때 보이는 현지의 풍경은 낯설기 그지없었다. 판자를 쌓아 놓은 지붕, 맨발

의 아이들, 옷을 널어놓은 바지랑대, 비포장도로를 달리는 버스
가 덜컹거릴 때마다 낯설고 이질적인 공기와 냄새가 풍겨왔다.

　서정주 시인의 「신발」을 알게 된 것은 그때 함께 인도로 전
공 연수를 떠난 Y 덕분이었다. 구름 낀 아침에, Y가 내게 읽어
준 그 시는 인도에서 처음 맡았던 향만큼이나 생생하고 낯설고
그리운 느낌을 주었다. 수업을 듣는 동안에도 나는 한참 동안이
나 딴생각에 빠져 있었다. 시인이 잃어버린 것은 정말 신발뿐이
었을까. 아버지에게 신발을 처음 받았을 때의 기쁨과 설렘도 신
발과 같이 놓쳐 버린 것은 아닐까? 어쩌면 처음으로 거울 속 존
재가 자신임을 알아보게 된 기쁨이었을까. 그런 공상을 하며 공
책 한 귀퉁이에 이런저런 모양의 신발을 그려 보았다.

　현지 학과에서 나누어준 차이는 씁쓸하고 톡 쏘는 맛이 강
했다. 학교 복도 끝에선 눈을 감고 햇볕을 쬐는 학생들이 있었
다. 잔디밭에 누워 쪽잠을 자기도 했다. 쉬는 시간이 끝나고 현
지 학생들과 인사를 할 기회가 주어졌다. 어색하게 무리를 지어
자기소개를 하고 사소한 것들을 묻고 답했다. 그중에서 가장 눈
에 띈 친구는 내 또래로 보이는 소년이었다. 깊고 검은 눈의 소
년은 어딘가 수줍어 보였다. 늘 빙그레 미소를 짓고 있는 소년
은 질문을 받으면 쑥스러운지 쓰고 있던 모자를 눌러쓰며 지그
시 눈을 감았다. 소년은 짧고 명료한 문장으로만 이야기했다.
너. 나. 갔어, 왔어. 언제. 어땠어. 토막 난 말의 더미들.

나는. 아주 멀어. 여기에서. 나도 소년에게 짧고 단순한 어휘로 말을 건넸다. 소년은 고개를 끄덕이고 물었다. 너. 나중에. 꿈. 뭐야. 나는 알아들을 수 없다는 듯 고개를 갸웃하기만 했다. 시를 쓰고 싶다고 말할 수 없었다. 시가 무엇인지 알 수 없었기에. 그것이 두려웠기에. 다만 시를 쓰는 것은 내가 아니라는 것만 알 수 있었다. 이 순간이 이미 벌어지고 있듯이 계속해서 쓰이고 있다고. 그런 말을 어떻게 전달할지 알지 못했다.

인도 소년과 주고받던 토막 난 말들을 돌이켜볼 때면 나는 서정주 시인의 「신발」을 다시 읽게 된다. 모든 것이 낯설게 느껴지는 타지의 밤에 분명하게 느껴지는 것은 살아 있다는 감각이었다. 그것은 내가 외면하고 싶었던 시의 감각이었다. 그리고 어쩌면 서정주 시인의 시 속 화자가 잃어버린 '신발'의 감각이 아닐까 짐작한다. 그건 이제 막 말을 배우기 시작한 갓난애의 감각이다. 이것과 저것, 여기와 저기가 분명해지며 세계가 환해지는 경험이다. 나에게 맛있는 것이 너에게도 맛있다는 것. 내가 느끼는 햇살이 너에게도 따스하게 느껴진다는 것.

더할 나위 없이 명료한 세계였다. 소년과의 대화는 마치 신발 더미에서 짝이 맞는 신발들을 찾는 것 같은 느낌을 주었다. 헐렁한 것, 새것, 바퀴 달린 것, 솜이 든 것, 많고 많은 신발들 중에 알맞은 짝을 찾는 놀이 같았다. 어떤 신발은 너무 꽉 끼고, 어떤 신발은 조금 튄다. 어떤 것은 너무 무겁고 어떤 것은 다 떨어져 질질 끌고 다녀야 한다. 그렇지만 상관없을 것 같았다. 우리에겐 이만큼이나 많은 신발들이 있으니. 더 잘 맞는 신발을 찾기보다, 더 우스꽝스럽고 더 낯선 신발을 찾아 신으며 웃음을 터트리는 것이 더 즐거웠다.

세계가 이렇게 새것처럼 느껴지던 때가 또 있었다. 처음 시를 알게 되었을 때다. 혼자서 학원에 갔다 오는 길, 야트막한 오르막에 벽돌담이 있었다. 그 벽돌담을 손바닥으로 쓸며 그날 시험 칠 단어들을 외웠다. 손바닥이 까매질 때까지. 악토포스. 케미스트리. 스펠링과 발음을 굴려 보았다. 100원짜리 사탕을 물고 있어 새파래진 헛바닥, 손등에 닿던 담벼락의 거친 느낌, 묵음으로 발음되던 여름의 한 단락이었다. 외로움이 무엇인지. 나는 누구인지, 꿈은 왜 꾸는지 모든 것이 의문으로 남아 있던 때였다. 밤에 잠이 드는 것, 낮에 볕이 드는 것, 때가 되면 배가 고픈 것, 나를 알던 사람들, 내 기억 속에 살아 있던 사람들, 그들이 모두 비약으로 여겨졌다.

수학 공식으로도 풀리지 않고, 과학 실험처럼 직접 눈으로 볼 수도 없으나 명명백백 느껴지는 나날의 느낌들을 처리할 방법을 찾고 있었다. 그때 나는 일기를 쓰고, 책상에 빼곡히 낙서를 하면서 의문들을 메꾸어 나갔다. 말이 안 되는 말들, 빙빙 겉돌며 에워싸는 통각들, 냄새들. 살아 있음을 느끼게 되는 순간, 누구나 이 세계를 누설할 수 있는 언어를 갖게 된다. 처음 시를 썼을 때 나는 내가 무슨 말을 쓰는지 알지 못했다. 다만 글이 글을 들이키듯 썼다. 글을 쓴다는 의식을 망각하고 썼다. 그저 젖어 들어가듯 썼다. 친구들은 모두 그 시를 알아들을 수 없는 괴상한 소리라고 여겼다. 누구는 너무 우울하고 뜬구름 잡는 이야기라고 했다. 길들여지지 않는 말들, 언제나 낯선 외국인과 대화를 하듯 드문드문 말을 엮어 나가는 일이 설렘으로 다가왔다.

　시는 읽히기를 거부한다. 늘 불만인 얼굴로 시위를 벌인다. 불을 지피고 낯선 것에 손을 뻗는다. 토막 나고, 달아나고, 그러다가 불쑥 방문하여 시치미를 뗀다. 그건 내 것도 아니고 네 것도 아니다. 다만 부단히 깨어 있는다. 그리고 한 짝만 남은 신발 더미 속에서 더듬더듬 이런저런 신발들을 찾아 신다가 기어코 맨발이 되어 본다. 분명한 것은 시가 가리키는 것은 언어를 입기 전의 상태라는 것뿐이다. 해석할 수 없는 눈빛 속으로 떠내려가는 스물셋의 기억을 돌이켜본다. 먼지를 머금은 인도의 거리를 바라보며 내내 일기를 쓰던 Y를. 소년의 옆모습을. 그 모든 이름들과 내가 나라는 사실마저 휩쓸어 가는 상류의 물줄기를 본다. 생전 만나 보지도 못한 시인이 쓴 시 속의 그 어린 화자가 되어 점점이 번져 가고 있다.

여
세
실　2021년 『현대문학』으로 등단. 시집 『휴일에 하는 용서』를 펴냈다.

겁劫의 때

석가모니의 조국 네팔 사람들은
히말라야 산골 물로만 그 몸을 씻을 뿐
아직도 거의 세숫비누를 쓰지 안 해
삼삼하게는 고은 때가 산 그림자처럼 끼었다.

오억 삼천이백만 년쯤을
하루쯤으로 잡아 살기 마련이라면
이건
제절로 그리 되는 아주 썩 좋은 것이라고 한다.

* 불교의 한 시간 단위인 겁─칼파(kalpa)의 하나씩의 길이는 이 땅의 시간 수로 치면
  오억 삼천이백만 년에 해당한다고 전해져 내려오고 있다.

때를 생각함

윤제림

미당의 시 밑바닥을 흐르는 정서 하나는 동심童心이다. 특히 그의 생애 후반기 작품들 중엔 어린이의 시선이 이야기 꼬투리가 되는 경우가 무척 많다. 주로 기행시나 역사를 제재로 한 시편들에서 시인은 기꺼이 소년이 된다. 극작가 E. 이오네스코처럼 '지금 막 지구에 도착한 외계인의 눈으로' 세상을 보는 것이다. 눈에 띄는 것마다 놀라울밖에.

이 시가 그렇다. 이 늙은 소년은 "비누를 쓰지' 않고 "물로만 그 몸을 씻"는 산골 사람들의 생활 풍경이 눈물겹도록 반갑고 경이롭다. 소년은 이내 이 드물고 귀한 광경의 비밀을 알아챘다. "석가모니의 조국"이니 어지간히는 티 없는 백성들이겠다는 생각과 오억 삼천이백만 년쯤을 '하루'같이 흘러 내려온 물이란 발견이 그것이다.

"씻길 것도 없는 서로를 쉼 없이 씻겨온 히말라야의 물, 씻을 것도 없는 몸뚱이를 하염없이 씻고 또 씻어 온 사람들의 물이다. 하느님의 대리인 형국으로 우뚝 선 설산의 숫눈 녹아 흐르는 물 받아 마시고 살아온 고장이다. 만년이나 묵은 눈이 막 나온 새것처럼 빛나는 마을이다. 어느 비누가 저렇게 해말갛던가. 천연의 은박으로 싸여서 빛나던가."

어떤 설명에도 흥미를 두지 않고, 아무의 눈치도 살피지 않고 중동을 뚝 분질러 말하는 소년 특유의 화법이다. 평생 익혀온 모놀로그다. 맞춤법 따위 상관하지 않은 지 오래다. 육성의 받아쓰기다. "삼삼하게는 고은 때". "제절로 그리" 된 것이란다. 산 그림자가 그려낸 아득한 시간의 무늬라고 이해하고 싶은 것이다. 이 소년의 나이를 누가 짐작할 수 있으랴.

「겁劫의 때」. 이 제목이 품은 뜻을 짚어 보노라면 또 한 명의 올된 소년이 다가와 선다. 평생을 제 방식대로만 살다간 비디오 아티스트 백남준. 그가 우리말 '때'에 관한 이야기를 들려준다. 국어학자도 아닌 사람이 고유어 한 낱의 생김과 알맹이를 용하게 꿰뚫는다. 탁견이다. 멋대로 새겨 보자면. 대략 이렇다.

"시각을 가리키는 고유어 '때[時]'와 불순물을 뜻하는 '때[垢]'는 같은 말이다. 생각해 보자. 어제의 하늘빛깔은 아무래도 오늘보다 더 맑고 또렷하지 않았겠는가. 오후 5시 산과 물의 안

색은 4시보다 더 지치고 힘들어 보일 것이다. 내일은 오늘보다 더 때가 타고 더러운 날일 것이다."

달이 '세상에서 가장 오래된 TV'임을 알아낸 사람답다. 소년 미당도 박수를 치며 동의한다. 백남준 생각에 사족을 달자면, 시각은 자연이란 영구재의 수명을 재 보려는 자의 눈금이다. 오늘 우리가 딛고 선 대지가 얼마나 낡고 찌들었는지 무게를 달아 보려는 저울의 눈이다.

시나브로 늘어가는 대지의 주름 깊이 때가 끼고 쌓여서, 땅거죽은 점점 탄력을 잃고 둔중해져 간다. 햇빛과 바람의 전횡만으로도 서서히 푼수가 빠지고 기력이 쇠해 가는 지구의 기대 수명은 예측도 버겁다. 미당이 자신을 '80소년 떠돌이'라고 부르던 시절, 어느 날의 독백이 참요讖謠처럼 읽힌다.

뻐꾹새들도
"가슴이 아푸다"면서
우리들의 산에선 떠나 버리고,

기러기들도
"눈이 아푸다"면서
우리들의 하늘에선 떠나 버린다.

우리의 넋도
대기층 넘어
천국이나 극락에 가서
살 수밖엔 없이 되었다.

하느님보고
실한 동아줄이나 하나 내려 주시래서
그거나 타고
하늘 깊이 들어가서 살아야만 하겠다.

—「요즘 소식」

오늘 인간의 마을에서 시각을 묻는 것은 우리가 원시의 출발점으로부터 얼마나 멀리 떠나왔느냐는 질문과 다르지 않다. 당연히 그것은 그리니치 천문대가 생산하는 시간으로 따질 것이 못 된다. 나라와 지역에 따라, 사람에 따라 천차만별일 터. 호텔 로비에 걸린 세계 여러 도시 시계 밑엔, 연도 표시도 함께 따라붙어야겠다. 세계시간은 시각의 차이가 아니라 물과 바람과 공기와 햇살의 연령 차이.

'동시대'란 말은 얼마나 허구적 개념인가. 할아버지가 자신의 나이였을 때와 다르지 않은 삶을 살고 있는 히말라야 소년에게, 뉴욕이나 런던의 시각은 아무 의미가 없다. 하늘이 주신 것을 아직도 신상품처럼 아껴 보듬으며, 비누 한 장 쓰지 않는 삶이 기계와 인공의 힘이 아니면 세수도 어려운 사람살이와 어찌 같다 할 것인가. 이제 지구 어디에도 수평의 시간은 없다.

조금 더 속된 비유가 허락된다면, 하늘의 상품을 아직 포장도 다 벗기지 않은 곳이 더러 있지만 다 닳아 문드러진 비누처럼 원형도 짐작하기 어려워진 지역이 허다하다. 이 대목에서, 영어 단어 '발전(develop)'의 의미가 '종이나 천으로 싸다(envelop)'는 말의 반대편에 있다는 것을 새겨볼 필요가 있다. 우리는 너무 많은 것을 풀고 뜯었다. 헤집고 뒤집었다. 들추고 꺼냈다.

해와 달이 시계가 되고, 꽃과 나무가 달력이 되던 세상으로부터 너무 멀리 왔다. '겁의 시간'이 만들어야 할 '겁의 때[垢]'를 사람이 만들고 있다. 오억 삼천이백만 년의 때가 순식간에 생겨난다. 내구재를 소비재로 쓰는 꼴이다. 산천경개가 디자인의 대상이다. 천지개벽이 인간의 일이다.

'감속제'減速劑로서의 문학의 역할을 생각한다. 시의 스피드가 문명의 속도와 경쟁을 하고 있지는 않은가. 그대로 시의 가락이 되던 미당의 느릿한 말씨를 기억한다. '서西으로 가는 달' 같던, '연꽃 만나고 가는 바람' 같던 늙은 소년의 걸음걸이를 그려 본다. 백남준의 〈TV 부처〉를 보며, 석가모니가 TV 속으로 들어오기까지의 시간을 헤아려 본다.

때가 끼어들 새가 없는 저 히말라야의 물을 생각한다.

백남준이 말한다. "'때'라는 말이 겹쳐지면 기막힌 새것이 된다. '때때'!"

윤제림

1987년 『문예중앙』으로 등단. 시집 『삼천리호 자전거』『미미의 집』『황천반점』『사랑을 놓치다』『그는 걸어서 온다』『새의 얼굴』『편지에는 그냥 잘 지낸다고 쓴다』 등과 시선집 『강가에서』를 펴냈다.

서리 오는 달밤 길

어머니가 급병이 나서, 나는 삼십 리 밖에 가서 계시는 아버지한테 알리러 산협 길을 달려갔습니다. 아버지를 모시고 돌아올 때는 맑고 밝은 달빛에 서리가 오는 쓸쓸키만 한 밤이었는데, 어느새 새벽녘인지 먼 마을에선 울기 비롯는 교교한 수탉 울음소리도 들려오고 있어, 나는 칩고 외로워서 아버지의 하얀 무명 두루매기 안으로 들어서서 그의 저고리 한쪽 끝을 단단히 움켜잡으며 걸어가고 있었습니다. 그러다가는 또 뛰쳐나와서 땅과 하늘에서 일어나고 있는 일들을 두리번거려 보고 듣고 있었습니다.

무성한 갈대밭 위로는 문득 몇십 마린가 기러기 한 떼가 끼르릉 끼르릉 하고 그 소리의 종성인 'ㅇ' 소리를 여러 개의 종소리의 여운처럼 울리며 날아가고 있고, 또 내가 걷는 길 밑에 산협 강물은 남실남실 차 있었는데, 아버지는 이걸 "참때로구나" 하셨습니다. 바다에 만조 때가 되어서 그 조류가 산협의 강물을 떠밀며 몇십 리고 거슬러 올라오고 있다는 뜻입니다.

그래 나는 어느새인지 치위도 외로움도 잊고, 이 모든 것의 구성은 아주 좋다는 느낌을 갖게 되어 있었습니다. '구성構成'

이라는 그런 한자 단어는 아직 몰랐으니까 그런 말을 써서 그런 건 아니지만요.

　그래서, 이날밤 내가 느낀 이 구성은 이 뒤에도 내가 사는 데 한 중요한 표준이 되었습니다. 물론, 이만큼도 못한 것은 숭겁다고요.

시가 오는 부엌 앞

김민정

山은 바로 알고 峽은 그러하지 못해 사전을 찾고 그 합해진 뜻을 시 윗머리에다 또박또박 적어두었던 그해 겨울은 스물이었습니다. "도회지에서 멀리 떨어져 사람이 많이 살지 않는 변두리나 깊은 곳"이라 하는 '산협'은 거리로는 가늠이 되어도 마음으로는 재어질까 싶은 줄자라 그때 밤에 자주 손에 쥔 것은 둥근 갑 속에 말려 들어가 좀처럼 머리를 내빼지 않던 강철로 만든 띠자였습니다.

스스로 정확한 수치를 투명하게 뽐낼 줄 아는 플라스틱 자가 여남은 개쯤 책상 서랍 속에 들어 있었으나 사는 일에 어떤 도구를 두고 어림하는 것이, 또한 짐작하는 일이 어딘가 시답지

않은 생각 같고, 또한 시 같지 않은 율동 같아 "어느새 새벽녘인
지" 내 사는 데선 "교교한 수탉 울음소리"는 없고 다만 춥고 외
롭기는 있어 도무지 혀를 내뺄 줄 모르는 꽉 막힌 10미터짜리
마레이케 자동 줄자의 노란 외형만 "단단히 움켜잡으며" 나는
"두리번거려 보고 듣고" 하는 흉내의 내홍 속에 술도 없이 여느
아침마다 불콰해진 얼굴이곤 하였습니다.

　　어머니가 아프고, 아버지는 멀고, 나는 어리고, 짐짓 타고
난 조건만 두고 보자면 당신과 내가 그리 다를 것도 없다 싶은
데, 기실 발현된 결과만 두고 보자면 시라 하면서 나는 안 되고
당신은 되는 일이 혹여 내게는 없고 당신에게는 있는 저 "아버
지의 하얀 무명 두루매기" 때문이려나 싶었습니다. 내 살던 집
2층에서 세의 살림으로 들어앉았던 1층 한복집 언니네로 계단
을 타고 빠르게 내려가던 내 발끝의 뜨거움은 아마도 번트를 아
는 데서 오는 힌트의 기찬 속도에서 왔을 것입니다. 그리고 무
엇을 하였는가 하면 글쎄요, 우두커니 서서 한참을 바라보기나
했던 것입니다. 고작 한다는 일이 불 꺼진 창 너머 마고자 입은
마네킹과 눈싸움이나 한판 벌이고 다시금 계단을 걸어 올라오
는 것이었을 적에 나는 타고난다는 말에 지고, 재능 없다는 말
에 일찌감치 승복해 버린 나를 예뻐하기 시작했습니다.

시라 하면서 나는 왜 갔던 길로 기어이 돌아오고야 마는가. 시라 하면서 나는 대체 왜 열고 나간 문을 다시금 닫고 들어서 냔 말인가. 시라 하면서 나는 왜 뛰쳐나가지를 않는가. 시라 하면서 나는 대체 왜 뛰쳐나갈 줄을 모른단 말인가.

"땅과 하늘에서 일어나고 있는 일들"을 느끼는 데서 성급한 나는, "참때로구나" 그 물이 다 찰 때까지를 기다리지 못하는 데서 다급한 나는, 웬걸, 그저 할 수 있는 일이라곤 "몇십 마린가 기러기 한 떼가" "여러 개의 종소리의 여운처럼 울리며" 날아가는 것을 하릴없이 그저 올려다보는 목의 젖힘뿐이었는데 그 순간에 내가 시와는 아무런 상관없이 구름이란 것을 처음으로 느끼었다면, 덕분에 "강물을 떠밀며 몇십 리고 거슬러 올라오고 있다는 뜻"으로 부지불식간에 허공 중에 점자를 만질 수 있었다면, 그것은 시라는 풀 안으로 뛰어들기 위한 몸풀기가 이제 막 끝났음을 알리는 내 (전) 코치의 호루라기 소리를 들었을 가능성이 매우 큽니다. 학습의 힘일 겁니다. 코치가 있었으나 코치는 이제 없고 내 코치가 이제 내 (전) 코치가 되었을 적에 나는 그 옛날 엄마가 곤로 위에서 메추라기를 구울 때 어떤 타이머의 잼도 없이 어떤 꼬챙이의 펨도 없이 타지 않도록 앞뒤로 알아서 그 찢긴 살을 기가 막히게 뒤집을 적의 '절로', 그 자연의 체득을 몸이 알아 좇은 까닭이구나 이제 와 박수를 칩니다. "그것은 아주 좋다는 느낌"이구나, 오감이 떼로 와 종을 쳐댈 때 우리는 때로 두 손을 모아 그 감정을 통칭하여 기도라 부르기도 했다고도 들었습니다만.

그리하여 "어느새인지 치위도 외로움도 잊고" 갖게 된 것이라면 '구성'. 엮는다는 말은 왜 이리 사람을 아름답게 조일까요. 이룬다는 말은 왜 이리 사람을 조화롭게 웃길까요. 저 역시 "이날 밤 내가 느낀 이 구성은 이 뒤에도 내가 사는 데 한 중요한 표준이 되었습니다." 한 편의 시가 한 권의 시론이고, 한 권의 소설론이고, 한 사람의 스승이고, 한 사람의 연인일 수 있음에 이 시는 오늘까지도 내게 하나의 중요한 '표준'이 되어주고 있음이 분명합니다.

단, 전에 없는 의기양양이라면 이 한 가지를 들 수도 있겠습니다. 시대가 변하여 뭐든 깊숙한 연구가 가능한 시절이라 싱겁게 먹는 것이 몸에는 건강하다는 지론에는 모두가 동조하게 된바 나는 아직 이만큼에 이르지 못한 것을 되려 다행이라 여겨도 되겠는지요. 아시죠? 물론 그전에는 이만큼을 넘쳐 일단은 짭짤하기에 급급했습니다만, 이상하게도 "승겁다고요" 하고 마무리를 하시는 데서 나는 당신의 그 마지막을 내 처음에 올려둔 채 이고도 싶고요, 지고도 싶음에 표리란 말을 다시 배우고 있습니다.

'서리 오는 달밤 길' 끝에 어느덧 눈이 내리는 풍경이라 하면 그것은 순리, 그 눈맛 같은 물맛으로 목을 축이고자 눈밭에 흠씬 개가 뒹구는 풍경이라 하면 그것은 도리. 여하간에 나는 부엌 선반에서 유통기한이 얼마나 지났는지 전혀 알 수가 없음에 온통 하얗기만 한 온갖 소금통부터 차례로 좀 흔들어볼 참입니다. 잡소리라 하면 정제되지 못한 어떤 굵기와 비례하겠다는 것까지는 배운 참이고 말입니다.

김민정 1999년 『문예중앙』으로 등단. 시집 『날으는 고슴도치 아가씨』 『그녀가 처음, 느끼기 시작했다』 『아름답고 쓸모없기를』 『너의 거기는 작고 나의 여기는 커서 우리들은 헤어지는 중입니다』를 펴냈다.

초파일의 신발코

모든 길은 신발코에서 떠나갔다가
돌아 돌아 신발코로 되돌아오네.
판문점을 동서양을 돌고 돌아도
신발코로 신발코로 되돌아오네.

사월이라 초파일 밤 절간에 가서
등불 하나 키어 놓고 오는 그 길도
산두견새 울음 따라 돌고 돌아서
신발코로 신발코로 되돌아오네.

서정주 시의 힘과 '영원한 처음'의 순간

이혜미

서정주 시의 힘은 그의 언어가 무의식 속에 새겨져 문득 재생된다는 것에 있다. "스며라, 배암!"(「화사」)이나 "나를 키운 건 팔할이 바람이다"(「자화상」)와 같은 문장은 한국어에 지워지지 않을 인장을 남겼다. 학교에서 아이들을 맞았다가 떠나보내는 일이 잦은데, 헤어질 때 서운한 마음을 달래려 "섭섭하게,/ 그러나/ 아조 섭섭치는 말고/ 좀 섭섭한 듯만 하게"(「연꽃 만나고 가는 바람같이」)라는 문장을 읽어 주었던 기억도 있다.

서정주의 시를 읽으며 나는 언어가 가진 에너지와 끈질김에 대해 생각한다. 시인의 특권은 자신의 문장을 누군가의 뇌리에 오래도록 남길 수 있다는 것 아닐까. 좋은 시는 그것을 읽은 사람의 마음에 스며 삶을 대하는 태도로 남는다. 그러니 언어는 형체가 없지만 사람의 기억을 따라 건너가며 오래도록 살아갈 수 있다.

「초파일의 신발코」를 만난 이후부터, 오래 걷거나 달리기를 할 때마다 "모든 길은 신발코에서 떠나갔다가/ 돌아 돌아 신발코로 되돌아오네"라는 리듬감 있는 첫 문장이 떠오르곤 했다. 땅끝마을로 가거나 북극으로 떠난다 해도 어떤 의미에서는 결국 자신의 걸음 속에서 스스로를 반복할 뿐이다. 그러고 보면 초 단위로 과거를 떠나보내며 현재를 살고 미래를 맞아들이는 중인 우리는, 매 순간 "신발코로 신발코로 되돌아"오는 시간의 첫발을 내딛는 셈이다.

달리기를 시작한 지 오 년이 조금 넘었다. 처음 달리기를 시작한 목적은 체중 조절이었지만, 나는 곧 달리기가 주는 희열과 효능감, 세계로의 확장, 살아 있음을 계속해서 느끼도록 하는 감각에 빠져들었다. 아침 러닝을 꾸준히 해 오며 느낀 것은, 달리기는 정말이지 끝없이 처음으로 돌아가는 일의 반복이라는 것이다. 한 발을 내딛고, 그다음 발을 내딛는 순간의 연속. 아무리 멀리 달려도, 여러 장소를 달려도, 결국에는 계속해서 첫발의 시작이다. 발을 내딛는 시간들이 모여 10km, 25km, 42.195km라는 긴 거리를 만들어 내는 것이다. 숨이 찰 때까지 운동화 발끝만 바라보며 뛰고 돌아온 날엔 오래도록 이어지는 바다와 해안선의 꿈을 꾸었다. 그리고 알게 되었다. 달리기는 단순한 반복이 아닌 무수한 걸음과 길의 기억을 몸속에 쌓는 일이라는 것을. 아무리 먼 코스의 러닝이라도 한 걸음 한 걸음을 모아야만 이루어진다는 것을 자각한 뒤로 많은 일들을 대하는 태도가 달라졌다.

이것은 음악과도 비슷한 면이 있다. 이 순간 연주되고 있는 한 곡의 노래는 매 순간 새로 태어나는 음들의 연합이며, 연주되는 순간 사라지는 음들을 기억 속에서 모아가며 우리는 음악을 다시 재구성하여 감각한다. 엄밀히 말하면 우리는 음악을 듣는다기보다 이미 연주된 음악의 기억을 돌이켜 음미하는 것이다. 기억과 음미가 뒤얽히며 지나치게 빠르게 일어나기에 현재적으로 느껴질 뿐, 모든 음악은 현재에서 태어나 과거 속으로 달아나고, 미래의 자리에서 우리는 지나갔던 소리의 기억을 더듬는다. 시간이 흐른다는 감각은 바로 이 떠나감에 대한 인지와 반추에서 비롯된다. 여행에서 돌아와 한때 내 것이었던 길의 기억을 떠올리듯이. 시나 소설을 읽을 때 앞에서 읽은 내용을 딛고 다음 문장으로 나아가듯이.

톨스토이의 우화에서 농부 파홈은 악마와 계약한 뒤 많은 땅을 가지기 위해 달리기를 시작한다. 아주 먼 거리를 달려 돌아온 파홈은 결국 쓰러져 일어나지 못했고, 그는 자신의 몸이 겨우 들어갈 만한 땅만을 얻게 되었다. '사람에게는 얼마나 많은 땅이 필요한가'라는 질문으로 인간의 욕심을 조명하는 이야기로 알려져 있지만, 나는 이 이야기가 그저 농부의 욕심을 비난하는 것에 그치지 않는다고 생각한다. 곧 자신의 땅이 될 대지를 기쁜 마음으로 바라보며, 벅찬 숨을 몰아쉬며, 걸음을 내딛는 순간순간 농부 파홉은 행복했을 것이다. 달리는 것은 단순히 먼 거리를 나아가는 것이 아니라 땅과 기후와 그곳의 공기까지를 느끼고 가진 뒤, 자신에게로 다시 돌아오는 일이다. 「초파일의 신발코」는 바로 이런 지점에서 "판문점을 동서양을 돌고 돌아도" 자신의 신발코로 되돌아올 수밖에 없다는 자각을 통해 인간의 한계를 안은 채 세계를 향해 확장되는 순간을 포착한다.

또한 시의 배경이 된 초파일은 부처님 '오신 날'이다. '석가탄신일'이 '부처님 오신 날'로 바뀌면서, 초파일은 어떤 맞이의 순간과 환대의 다정함을 담은 날이 되었다. 부처님이 오신다는 초파일 밤, 절간에 가서 등불을 켜고 돌아오는 마음은 어떤 것이었을까. 시에는 절에 갔다가 돌아오는 한순간만 담겨 있지만, 그 장면을 읽으며 짐작할 수 있었다. 무수한 간구와 슬픔과 기원이 만들어 내는 고요한 기도의 깊이를. 한밤의 두견새 울음이 신발코에 깃드는 쓸쓸함을.

그러니 길을 떠나는 것은 발끝에 세계를 실타래처럼 감으며 끝없이 제자리로 돌아오는 여정이 아닐까. 걸음에는 형체가 없지만 시간이 지나도 사라지지 않고 되돌아와 길의 기억을 다시 안겨 준다. 먼 거리를 달려간다 해도 우리가 결국 자신의 신발코로 되돌아오곤 하는 것처럼. 죽음 속에서 문득 밀려나와 생을 통과하여 다시 다정한 죽음의 품으로 돌아가는 것처럼. 서정주가 발견한 '영원한 처음'의 순간은 먼 세계를 돌아 다시 자신의 걸음 안으로 되돌아가는 인간의 음악을 그린다.

이혜미 2006년 중앙일보 신인문학상으로 등단. 시집 『보라의 바깥』 『뜻밖의 바닐라』 『빛의 자격을 얻어』 『흉터 쿠키』를 펴냈다.

1994년 7월 바이칼 호수를 다녀와서
우리집 감나무에게 드리는 인사

감나무야 감나무야
잘 있었느냐 감나무야
내가 없는 동안에도
언제나 우리 집 뜰을 지켜
늘 싱싱하고 청청키만 한 내 감나무야.
내가 씨베리아로
바이칼 호수를 찾어가 보고 오는 동안에
너는 어느 사이
푸른 땡감들을 주렁주렁 매달었구나!
나는
1742미터 깊이의
이 세상에서 제일 깊고 맑은
호수를 보고 왔는데,
너도
그만큼 한 깊이의 떫은
그 푸른 땡감 열매들을
그 사이에 맨들어 매달었구나!
내 착한 감나무야.

내가 가지고 싶은 시

장석남

내가 미당의 시를 만나고는 천생 그 슬하로 들어가서 시작할 수밖에는 없겠다고 생각한 것이, 내 잔뼈가 굳기 이전이니 벌써 수십 년이다. 그분과 나는 딱 오십 년을 격隔한 사이인데 왜 그래야 하는지 혼자 억울한 심사가 되어서 길거리를 쏘다닌 기억이 있던 듯도 하다.

손자뻘이 되는 내게까지도 미당은 여전히 젊었고 외려 나보다도 더 젊었다. 전 인류보다도 몇 갑절이나 더 이전부터 시작된 일이 여전히 시퍼렇게 젊은 저, 바다의 파도처럼이나 앞으로도 오래 젊을 것만 같은 저 '未堂'은 그 언어가 절절한 모국어이기 때문만은 아니었던 것 같다. 그, 모국어만은 아닌 그 무엇, 그것이 어린 시의 생도였던 내게 절망과 꿈의 '동파이프'를 동

237

시에 들이민 것이다.

내가 보기에 미당은 오래 살아보려고 무던히도 힘쓴 분이다. 그것은 세속적으로도 그랬다고 감히 말하는 편이 속 시원할 것 같다. 그러나 당연히도, 그편보다는 그는 한 '영원'의 얼굴을 만나 보려고, 그리고 그 얼굴이 되려고 무던히도 힘써 온 분이었던 것 같다. 그것을 민족에게서도, 개인에게서도 아울러 읽어 보려고 한 것이니 그의 시적 여정은 저 우리 정신의 가장 밑자리 격인 『삼국유사』를 괴나리봇짐 해 짊어지고, 긴 이름들을 가진 세계의 여러 높은 산들을 두루 헤매고 다니는 이미지로 우리 앞에 그려지는 것이다.

오래전 일이다. 미당 선생의 제자와 술잔을 나눌 기회가 있어서 나는 어렵게 이런 말을 꺼낸 적이 있다. 언제 댁에 갈 기회가 있으시다면 내가 은근슬쩍 묻어갈 수 있으리까? 하고. 그분은 그러마고 했는데 그 후 영 소식이 없었다. 나는 생전에 꼭 한번은 그 옆자리에 앉아 있어 보고 싶었던 것이다.

내 스승 한 분은 "네가 프로의 시인이 되려거든 미당의 시뿐만이 아니라 삶까지도 눈여겨볼 필요가 있다"고 낮게 말씀해 주시기도 했었다. 미당 삶 뒤의 그 얼룩들이야 내가 짚어내서 이러고저러고 할 자격도 되지 않으니 그건 내 세대의 행운으로 돌려도 될 성싶다. 또래의 몇몇 시우들과 이야기를 나누어 보아도 역시 우리들은 앞으로도 오래 그의 슬하일 수밖에는 없겠다는 생각을 지울 수 없다. 어쩌면 그것은 기꺼이 즐거운 일일지도 모른다.

　한번 뵙기 전에 미당 선생은 가셨다. 미당 선생 가신 아침에 나는 이런 메모를 남겼다.

　뭘 끼적일 일이 있어서 웅크리고 있다가는 갑갑증이 일어 밖으로 나왔다. 헌데 웬일이신가. 흰 눈발들이 벌써 '여중 2학년생 정도'는 된 모양으로 쌓였고 또 어둔 하늘을 계속해서 돌아내려오시지 않는가. 항용 우리가 서설瑞雪이라고 부르는, 올해 들어서는 처음 보는 눈이라고 생각하면서 보낸 하룻밤인데, 날 새고 듣는 소식이 미당 선생이 가신 소식이다. 미당 선생 숨 밟고 가시게 내리신 저승의 푸른 종소리였던가?

　나는 이렇게 믿는다. 미당 선생은 그저 우리가 늘 지나다닐 수 있는 산길 같은 데서 만날 수 있는 바윗돌이나 큰 나무 뒤에 옷고름 한끝을 내민 채 숨으신 것일 뿐이라고. 오늘 저녁 술자리에서 나는 할 수 없이 소주 한 잔은 따로 부었다가 마셔야만 할 모양이다. 그리고 이런 시도 중얼거려 봐야 할 모양이다.

　감나무야 감나무야
　잘 있었느냐 감나무야
　내가 없는 동안에도

언제나 우리 집 뜰을 지켜

늘 싱싱하고 청청키만 한 내 감나무야.

내가 씨베리아로

바이칼 호수를 찾어가 보고 오는 동안에

(……)

너도

그만큼 한 깊이의 떫은

그 푸른 땡감 열매들을

그 사이에 맨들어 매달었구나!

내 착한 감나무야.

우리 집 내 방 앞에도 마침 감나무가 있으니 이 시는 그대로
내가 가지고 싶은 시다. 참으로 좋은 시는 가지고 싶은 시인 법.

장석남

1987년 경향신문 신춘문예로 등단. 시집 『새떼들에게로의 망명』 『지금
은 간신히 아무도 그립지 않을 무렵』 『젖은 눈』 『왼쪽 가슴 아래께에 온
통증』 『미소는, 어디로 가시려는가』 『빰에 서쪽을 빛내다』 『고요는 도망
가지 말아라』 『꽃 밟을 일을 근심하다』 등을 펴냈다.

시인들이 새로 읽은 미당시가 실린 시집

나만의 미당시

1판 1쇄 발행 2024년 11월 4일

지은이 | 마종기·정현종 외
펴낸이 | 주연선
기   획 | 동국대학교 미당연구소

(주)은행나무
04035 서울특별시 마포구 양화로11길 54
전화 · 02)3143-0651~3 | 팩스 · 02)3143-0654
등록번호 · 제 1997-000168호(1997. 12. 12)
www.ehbook.co.kr
ehbook@ehbook.co.kr

ISBN 979-11-6737-485-1 (03810)